PATRICK SANSANO

L'ANNEE BLANCHE
JOURNAL 2018

1er janvier

Pour la première fois, je commence un journal dont je ne sais pas s'il ira jusqu'au bout. Il sera plus succinct que ceux des deux dernières années. L'année commence avec des ennuis mécaniques, ceux de mon Opel Meriva, chose embêtante mais pas gravissime. La santé est là, mais c'est une chose précieuse et fragile.

Pour dire le fond de ma pensée, depuis ce qui est arrivé à Johnny Hallyday, je ne me sens à l'abri de rien. Je me dis que tout peut basculer du jour au lendemain. Les médecins généralistes et spécialistes se raréfient, les chercheurs sont des incapables.

En cette fin d'année, j'ai revu les quatre premiers épisodes des « Rois maudits », et la scène de la mort de Robert d'Artois dans le sixième et dernier. Le monde n'a pas changé depuis les capétiens. Toujours les mêmes luttes de pouvoir. L'argent, la puissance, les crimes.

Je me rends compte que je manque de temps, que mon blog dédié à l'actrice Muriel Baptiste est chronophage même si je le fais de bon cœur. Il me faudrait faire beaucoup de tri dans mes affaires, surtout dans mon salon et ma cave, je manque autant d'argent que de temps. Mais je ne manque pas de santé, et pour moi, c'est primordial.

2 janvier

Le vendeur va me prêter une voiture, la couronne du dentiste n'est pas au point. Dans l'actualité, on ne parle que du lynchage d'une policière. Les islamo-gauchistes de la France Insoumise observent un silence assourdissant.

Je pense beaucoup à Muriel, mais je fais des cauchemars la nuit.

4 janvier

On m'a prêté une vieille Peugeot Diésel, 107 ou 1007, je n'arrive pas à savoir. Le T de Peugeot ne figure même plus sur la carrosserie. Mon Opel Meriva va me manquer cruellement le temps des réparations dues à un vendeur incompétent (mauvaise affaire pour lui, la voiture est garantie). Ces réparations doivent durer quinze jours.

La remplaçante de mon ophtalmologiste se permet pour « problèmes familiaux » de déplacer un rendez vous pris des mois à l'avance et de m'en coller d'office un autre un jour où c'est impossible. Accrochage téléphonique avec sa secrétaire, obtention d'un autre rendez-vous. L'année aurait pu mieux commencer.

5 janvier

Ce soir, il y a deux heureux : Mon dentiste et moi. La pose des couronnes est terminée, ouf !

6 janvier

J'éprouve de la fatigue. Le sommeil ne semble pas y remédier. Me voilà soupçonner quelque vilaine et sournoise maladie latente. Toutefois, dès que « la machine est lancée », je ne la ressens plus et suis soulagé. Cela m'évite de faire une analyse de sang, je n'en ai pas fait depuis des années. Je suis de ceux qui préfèrent « ne pas savoir ». Tout cela doit être dans ma tête, je suis en bonne santé.

7 janvier

Triste nouvelle : la mort de France Gall. Je l'ai vue deux fois en concert la même année, en 1984. J'aimais surtout Michel Berger. Cela me fait le même effet que pour Michel Delpech il y a deux ans, sauf que je ne m'y attendais pas. France Gall nous quitte victime de la sournoise maladie que j'évoquais hier. Je l'avais vue chanter « La groupie du pianiste » uniquement au rappel au concert de Michel Berger à la Bourse du Travail, puis à son propre récital à la halle Tony Garnier.

Visite de mes voisins pour la galette des rois à 17h00.

10 janvier

Depuis trois nuits, je me réveille à 4h30 du matin. Je suis fatigué le matin. Quelque chose m'obsède et provoque de l'anxiété, mais quoi ?

Hier soir, il y a eu un hommage à France Gall sur France 2, après un ratage lundi sur la 3 car l'émission parlait plus de Michel Berger que de France.

Au bureau, je me suis fait menacé et gravement insulter par un agriculteur, et j'ai dû remplir le cahier d'incivilités. J'ai raccroché. Il a rappelé et je lui ai passé un collègue avec lequel il a été calme. J'ai essuyé la tempête.

13 janvier

Le week-end me permet de me reposer. Je vais écrire à Khadija pour connaître ses intentions sur le renouvellement de la concession de son mari, tombe où se trouve Muriel. En 2025. Il n'y a qu'elle qui puisse effectuer cette formalité, sinon Muriel ira a la fosse commune. Mais serai-je encore là en 2025 ?

Ce samedi, j'avais le moral dans les chaussettes lorsque le soleil a inondé Valence. On se croirait au printemps. Tout d'un coup, je me suis senti heureux. Un signe de Muriel ?

16 janvier

Dans mon *journal 2015* paru chez Publibook, je disais à la journée du mardi 16 juin : *Mon ophtalmologue que j'ai vu en 2013 devait me faire du laser. Il s'est contenté de me changer mes lunettes. Lorsqu'il m'a dit « prochaine visite dans trois ans », il ne peut savoir le plaisir qu'il m'a fait. J'aime autant les ophtalmologues que les dentistes !* »

Ce jour, j'avais rendez-vous avec sa remplaçante, qui m'en fixe un avec l'opthalmologiste, le docteur Hervé, celui de 2013 et 2015. Elle ne peut me refaire des lunettes. Après un fond de l'œil, elle me dit que de la peau a poussé son mon implant droit (Œil où j'ai 9/10, le meilleur). Le 11 septembre, il me fera à son cabinet « un coup de laser », et ne pourra me prescrire des lunettes qu'ensuite. Ma vue a baissé (œil gauche 7/10). Je ne suis pas trop inquiet pour le laser, par contre, lorsque j'ai montré les implants que le chirurgien docteur Fretto m'a placé à Montélimar en 2012, je croyais en avoir fini à vie avec les opérations des yeux. La remplaçante, le docteur Mos-Costea, m'a dit que ce n'était pas important de montrer les implants que l'on m'a mis, sauf s'il faut les changer ! Le lecteur comprendra mon profond malaise.

23 janvier

J'ai récupéré hier mon Opel Meriva immobilisée au parc automobile Espace France Auto depuis le 27 décembre. Ils m'ont perdu le manuel d'utilisation, et j'ai dû me rendre à nouveau ce soir à Romans chez eux pour le récupérer.

Maintenant, espérons que cette automobile fonctionne normalement.

24 janvier

Beau rêve de Muriel cette nuit, et de fait, la journée s'est révélée agréable. Hier, mon entretien individuel annuel avec ma responsable s'était bien passé, et aujourd'hui, ma maîtrise de la conduite de ma nouvelle voiture s'est améliorée, je sens que je l'ai bien prise en mains.

Il me semble que Muriel communique avec moi par les rêves, hélas, ils ne sont pas fréquents.

25 janvier

Encore un rêve de Muriel. Elle veille sur moi, elle me protège.

30 janvier

On a trouvé le meurtrier d'Alexia Daval : le mari. Reste maintenant à avoir des preuves contre le tueur de la petite Maëlys.

Je suis commandé hier un cd, ce qui devient très rare, il s'agit du cinquième album studio d'Emma. L'album s'appelle « Essere qui », soit « être ici ». Un titre qui me parle car elle est toujours là, malgré deux cancers de l'utérus, cette chère Emma Marrone, née en 1984. J'apprécie désormais chaque cd acheté car ce n'est pas tous les jours. J'ai écouté sur Internet le premier single, « L'isola ». Le titre n'a pas la force des premiers tubes de la jeune italienne : « Cercavo amore », « Non è l'inferno », « Sarò liberà », « Amami », « Calore ». Mais elle a cherché à se renouveler, et à ne pas répéter à l'infini le même style, ce qui pour moi est méritoire.

Au Cercle Algérianniste le dimanche 21 janvier, j'ai sympathisé avec Alain M. et nous avons échangé nos adresses et téléphone. Il me conseille d'écouter « Radio Courtoisie », j'irai sans doute le voir pendant mes vacances la semaine prochaine. Il a 75 ans. Bon, ce sera sans doute un bon copain, mais ce n'est pas grâce à lui que je trouverai une compagne. Qu'il est difficile d'avoir une amorce de « vie sociale ».

31 janvier

Il y avait un beau soleil ce matin, aux couleurs de printemps, qui m'a mis de bonne humeur. Et tout de suite, j'ai pensé à Muriel. Au fond, dans mes rêves, ou par des pensées fulgurantes comme celle-là, ne m'envoie-t-elle pas des signes me disant « Je veille sur toi » ?

3 février

Début d'une semaine de vacances, on annonce de la neige en pleine pour mercredi, jour où je vais voir ma fille et mes petits enfants. Ce matin, j'ai mis de l'ordre dans ma cave afin de pouvoir jeter des cartons et choses inutiles à la déchetterie. J'apprends qu'on rouvre l'enquête sur la noyade de Natalie Wood et que son mari, l'acteur Robert Wagner, est suspecté de meurtre, lui le héros qui fait triompher la justice dans « Opération vol » et « Pour l'amour du risque ». J'aimerais être 45 ans en arrière, le 3 février 1973, attendant le lendemain la diffusion des « Risques du métier » avec Muriel Baptiste.

Bourg de Péage, 5 février

J'ai passé une agréable après-midi, de 14h30 à 19h30, chez Alain M. rencontré au Cercle Algérianiste. Discussions historiques, géopolitiques et culturelles. Il m'a offert le café à 14h30 et l'anisette à 19h00. Un homme vraiment érudit. J'aurais plaisir à le revoir.

Valence, 6 février

A Valence, les travaux sont perpétuels, les alentours de la gare du centre ville sont inaccessibles : camion bennes, tracto-pelles, trottoirs voisinant des tas de sables, accès de parkings impossible. Je me demande quand tout cela va s'arrêter.

Viviers et Montélimar, 7 février

Bonne journée avec un climat glacial (3 degrés) en famille où j'ai pu voir avec mon petit fils Lucas notre dix-huitième film commun, « Belle et Sébastien 3, le dernier chapitre », de Clovis Cornillac, où l'on retrouve la musique de « Belle et Sébastien » et « Sébastien parmi les hommes », feuilletons de mon enfance. Lohan était malade et a dû être conduit chez le médecin, Lucas a fait du kart, j'ai eu le grand plaisir de voir que Lohan réclamait et souhaitait venir au cinéma lorsque je suis parti avec son frère. Il est encore trop jeune, mais pas de doute, la relève sera assurée.

Valence, 10 février

Hier soir au festival de San Remo que je suis depuis mardi sur la chaîne RAI Uno, il y avait en invitée exceptionnelle la chanteuse Alice, née en 1954, qui s'est éloignée à la fin des années 2000 du monde de la chanson et y revient épisodiquement pour des albums confidentiels en Italie.

Je ne l'avais pas vue depuis longtemps, et si elle est encore belle, elle accuse son âge. Je me demande comment serait ma chère Muriel Baptiste aujourd'hui. Qu'importe, je l'aime pour l'éternité (Muriel, pas Alice), je viens de travailler pour son blog et aborde la période d'avril 1973. Quel bonheur c'était. Le plus beau des printemps pour moi.

Riccardo Fogli semble avoir peu de chances de gagner la finale ce soir, il a accumulé depuis mardi les mauvaises notes. Il n'y a pas d'éliminations cette année. J'aurais préféré qu'il chante seul son titre « Il segreto del tempo » plutôt qu'avec son ancien comparse du groupe « Pooh », Roby Facchinetti.

Je n'ai pas eu de coup de cœur cette année, à part peut être un titre d'une jeune chanteuse, Annalisa, « Il mondo prima di te ».

14 février

Mon poste de délégué syndical CGT serait de nouveau menacé. Cette-fois, je ne m'accrocherai pas, comme en 2015, car cela m'empêche, avec les réunions obligatoires, d'organiser à mon gré mes vacances et mes visites à ma fille et mes petits enfants, à poser des congés facilement.

Je ne partage d'ailleurs plus les idées de la CGT sur nombre de points, comme l'accueil des migrants, la conformité à la pensée unique où l'on est vite traité de raciste et de « facho » dès que l'on dit ce que tout le monde pense tout bas.

C'est la Saint-Valentin et l'année passé à pareille époque, je pensais que j'aurai trouvé une compagne. Je me suis trompé.

Voici ce que dit Charlélie Couture, impayable, sur Facebook, au sujet de cette fête :

Une journée de bruit autour de Saint Valentintamare !
What Saint Valentin ? Non mais allo quoi! En cette période de dénonciations calomnieuses faisant réapparaître de vieilles rancœurs onze ans plus tard, comme les champignons vénéneux qui poussent là où on les attend le moins (sur la mousse d'un ministre de l'écologie comme une vengeance au lendemain de sa réussite à faire interdire la construction de cet aéroport inutile à Nantes), c'est quand même très surfait d'entendre parler dudit Saint Valentin. Cacher ce Saint que je ne saurais voir...
Faudrait savoir ce qu'on veut ? Ou bien on souhaite un «Love-love», façon «compatible», «on se comprend», «on s'assume», «on s'essaie», «on recommence», «on s'engueule mais c'est sans conséquence», «on se retrouve», «on se partage», «on se suggère», «on s'épaule contre épaule», «on se tolère -même les défauts-», «on se touche au bouche à bouche», en babouche, en bottines, pieds nus ou en escarpins ?
Ou alors : «on se Sainte Nitouche», «chacun pour soi» en se regardant en chien (et chienne) de faïence, arcboutés sur ses positions de complexes de supériorité/infériorité, ou type Œdipe toxique et autre psychopathologie mal assumée.
Si, le cœur battant, un éperdu, un peu débile ou décidément vieille école, voulant escalader l'infranchissable

mur de l'amour, se permet d'acheter un bijou, un grigri ou des fleurs pour convaincre celle qu'il convoite, que ce même tendre épris lui offre un jour un billet pour un voyage au septième ciel sur le transsibérien, à Venise ou Acapulco, qu'il fasse quoi que ce soit pour séduire sa dulcinée capricieuse récalcitrante, voire même qu'il lui envoie un SMS pour l'inviter au restau, alors là, mon pote, gare aux conséquences : il risque tout simplement de voir débouler les flics et les huissiers dix ans plus tard avec une plainte aux fesses pour harcèlement.

Saint Valentin, tiens.

Un jour spécial pour les amants déments, ceux qui tombent dans le brasier de la passion allumé par les démons pernicieux de l'excitation amoureuse ? Mais pourquoi donc fêter les amoureux? Pour eux c'est déjà la fête quand ils se croisent du regard, quand ils s'envient à chaque instant, béats d'admiration l'un pour l'autre. Pour eux qui vivent dans leur monde à part, c'est facile, ils ne se préoccupent pas de la réalité, ils flottent sur le nuage de leur merveilleux fantasme idéalisé, amants sans démenti, amoureux au présent, ils vivent au futur, remplis d'espoir et d'optimisme, imaginant l'avenir comme un infini parfait avec des enfants gentils qu'ils sauront chérir, un job qui va leur permettre de se réaliser, des amis qui seront toujours là quand ils auront besoin d'eux, et une société qui toute entière ne pourra que s'améliorer… c'est ça être amoureux.

La légende de Valentin de Terni qui subit jadis le martyre pour avoir redonné la vue à une jeune femme aveugle, aurait plutôt dû être choisie en vue de regonfler le moral des malheureux qui voient la vie pour ce qu'elle est. Ceux qui se sont réveillés au milieu de la nuit, envahis par un cauchemar de lucidité. Qu'ils soient nantis à Nancy, menteurs à Mantes la jolie, divorcés à New York city, ou hagards à Austerlitz, défoncés à Tripoli, célibataires impairs (en manque) à Paris, divisés à Djibouti, débauchés à Rimouski, anars désenchantés, veufs de guerrières, orphelins magyars ou téléspectateurs isolés sur un

brancard, geeks obsédés ou chanteurs maniaco-dépressifs, danseurs place de l'Etoile ou chippendales mondains, tous ceux qui sont seuls et saouls au-dessus de rien en-dessous de tout,
Et ceux qui s'agrippent aux choses qu'ils possèdent, les misanthropes qui se veulent pragmatiques, ceux pour qui l'autre n'existe pas,
Et ceux qui sont tellement avertis qu'ils ont l'impression d'en valoir deux, ceux qui se suffisent à eux-mêmes, (main droite ou main gauche),
Et ceux qui jouent double jeu/je et qui regardent cette fête des amoureux en se disant que tous les mots d'amour sont morts quand 17 gamins viennent de se faire descendre par un de leurs pairs, un copain énervé et débile dans un collège de Floride, par exemple...
Tous ces bougres-là auraient bien besoin d'un petit remontant candide, ou à défaut un coup de pouce pour les envoyer faire un voyage en stop sur l'autoroute des rêveries amoureuses...
Et en passant, plutôt que Saint Vantentin-tintin,
Pourquoi pas Saint Dominique-nique, nique ?
CharlElie COUTURE
Fev 20XVIII

15 février

Les voisins du dessus m'obligent à recourir aux services de Ivan Flaud, bâtonnier de Valence, mais sa secrétaire n'a pu me donner un rendez vous avant le 6 mars. Cette nuit, j'ai été réveillé à deux heures et contraint de monter demander aux voisins de faire moins de bruit. Ils ont mis longtemps à ouvrir. En guise de Saint-Valentin, ils étaient en train de se disputer. J'ai entendu la femme dire « C'est encore l'autre qui nous emmerde ». Le syndic me répond ce soir qu'une procédure contre le propriétaire ne peut qu'être votée en Assemblée Générale. Aujourd'hui, n'ayant dormi que trois heures (car je ne me suis pas rendormi), j'ai été comme un zombie toute la journée.

Vivement qu'Ivan prenne l'affaire en mains.

L'assassin de la petite Maëlys a avoué. L'enquête aura duré six mois.

16 février

Appel téléphonique de 3h30 avec David qui m'a envoyé de magnifiques photos de Muriel datant d'un reportage prévu pour Paris Match en juillet 1968 et jamais paru.

J'avoue que je suis comblé par ces photos où Muriel est splendide et que je mettrai demain sur mon blog.

Je lis la correction que Publibook me propose de mon *journal 2017* : *De Muriel Baptiste à Lara Fabian,* et donnerai sans doute le bon à tirer lundi. J'en suis au premier juillet, et il n'y a pas de faute, à part un accent sur le prénom d'Izia Higelin, qui passera inaperçu, je suis sûr que tout le monde s'en moque.

Je me suis offert deux CD italiens, un live de Vasco Rossi et le dernier album studio de Renato Zero. Je réalise qu'en 1998, quand j'étais très endetté, j'avais acheté ensemble deux CD de ces deux mêmes chanteurs.

Je n'achète rien qui provienne du festival de San Remo cette année, même pas la chanson de Riccardo Fogli qui était un duo médiocre.

J'espère que je vais rêver de Muriel cette nuit, et que de là où elle est, elle me protège. David, qui est athée, pense qu'elle n'est plus nulle part, chose qui m'est intolérable. Je sens bien sa présence de temps à autre pour me réconforter. Mais pas seulement d'elle, l'âme de ma grand-mère Clotilde disparue en 1983 à 85 ans aussi. Qu'elles prennent soin de moi du haut du ciel, je sens que j'en ai besoin.

18 février

Izia Higelin a changé son prénom, en ajoutant un tréma sur le i (« Izïa ») et donc le correcteur de Publibook a bien fait son travail.

Les week-ends sont trop courts et je n'ai pas le temps de tout faire : alimenter le blog Muriel Baptiste où je reconstitue à partir de magazines de programmes télévisés l'année 1972-73, chose que je ne peux faire en semaine, écouter tout ce que j'ai reçu (Le coffret seul de Vasco Rossi représentait trois CD et deux DVD). Ce rocker a débuté en 1977 et il s'agissait là du concert de ses 40 ans de carrière, une scène monstrueusement géante montée à Modène en Italie, une foule de milliers de fans, tout cela prend du temps. Deux jours, c'est bien trop peu. Je devais aussi rechercher mon diplôme de médaille d'honneur agricole, ayant eu celle de vermeil en 2014, je dois attendre cinq ans selon l'accord d'entreprise pour avoir celle des trente-cinq ans (en fait, la prime et non la médaille qui m'intéresse). Il faudra que je fasse ma demande en 2019. Il semble que ce soit mon employeur qui ait reçu le diplôme de la préfecture directement. Je vais devoir me renseigner car chez moi, il est introuvable.

Laurent Wauquiez s'est fait piéger en racontant des bêtises et le discrédit sur la classe politique s'agrandit.

Ce dimanche s'achève par une triste nouvelle : Didier Lockwood, compositeur de musiques de films et violoniste, est mort d'une crise cardiaque à 62 ans au retour d'un concert. J'avais failli le voir en décembre 2013 dans le cadre de « Romans scène ». Sa meilleure musique de film restera « Les enfants de la pluie ».

20 février

Kadhija Delberghe a téléphoné, répondant à un courrier où je lui parlais de la concession de son mari qui se termine en 2025, et où repose Muriel Baptiste. Madame Deleberghe a 66 ans et n'est pas très en forme. Elle seule pourra en 2025 renouveler la concession. Nous allons donc, David et moi, lui rendre visite en juin quand j'irai à Paris. Elle est tout à fait d'accord pour nous donner l'autorisation de prolonger la concession et faire les formalités.

Elle a du mal à payer des charges de son appartement (Pourtant la rue Budin dans le 18e arrondissement de Paris n'est pas reluisante) et a des douleurs aux dos. Elle se rend de temps en temps sur la tombe, et a vu nos fleurs. Il faut battre le fer quand il est chaud, sinon dans sept à neuf ans, Muriel ira à la fosse commune.

Dans un autre domaine, j'apprends que l'on veut m'évincer de mon poste de délégué syndical CGT car je suis un « dinosaure ». Je vais peut-être enfin respirer et me décharger ce fardeau.

21 février

Il fait de plus en plus froid, et la météo annonce pire dans les jours à venir : moins cinq degrés à Valence.

J'écoute sur Internet « Radio Courtoisie » en direct, et le fait écouter à ma mère, suite à un SMS d'Alain M. Cela parle bien sûr de pieds noirs.

22 février

Le technicien m'a posé mon compteur électrique Linky en un temps record, et il n'y a eu aucun incident lorsque j'ai remis mes appareils ménagers en marche.

Demain se joue sans doute le sort de mon statut de délégué syndical.

23 février

En fait, mon sort était déjà scellé, les jeunes veulent prendre la place et ont tout organisé pour faire des élections et m'évincer.

Désormais, jusqu'à ma retraite, je n'aurais plus d'heures de délégation, et serai toujours derrière mon bureau. Cela me soulage de corvées, car le poste de délégué syndical était devenu un poids, mais il n'est jamais agréable de voir que l'on a été mené en bateau et poussé vers la sortie dans le savoir, et que l'on ne part pas du fait de sa seule volonté.

Plusieurs avantages à la perte de ce poste de délégué syndical : je rentrerai chez moi à midi et ne serai plus obligé d'aller à des réunions de Comité d'Entreprise qui ne servent à rien, et en cas de possibilité de rupture conventionnelle, ne plus être un salarié protégé. L'être est un obstacle dans ces cas-là.

24 février

Dans mon appartement de 63 mètres carré, j'ai entassé des tas de choses inutiles. J'ai déjà débarrassé ma cave, mais il reste beaucoup à faire pour arriver au bout chez moi.

J'ai un grand sentiment d'amertume envers la section syndicale CGT.

Cela me passera.

J'écris sur mon blog Muriel Baptiste qui est bien davantage lu que ce *journal*.

26 février

J'ai rêvé cette nuit au James Bond « Les diamants sont éternels » qui avait vu le retour de Sean Connery en 1971.

Je me suis couché trop tard, n'ai pas assez dormi, et suis de mauvaise humeur toute la journée.

Je dois me rendre à Lyon voir « Le Lac des cygnes » le samedi 24 mars et y retrouver Philippe, mais des rumeurs de grèves à compter du 12 mars et pour un mois circulent dans les médias suite aux ordonnances du Président Macron sur les cheminots. Avec Philippe, nous n'avons pas de chance, la même chose s'étant produite pour le concert à Lyon de Lara Fabian le 4 juin 2016.

Tout cela ne m'incite pas à retrouver le goût du syndicalisme, et en particulier celui sectaire de la CGT.

28 février

Judas existe, il n'est pas une invention des chrétiens, j'étais en face de lui ce matin. Il a changé de nom est s'appelle Pierre. J'ai voulu avoir un entretien avec lui mais il ne m'a pas écouté, occupé par son téléphone portable. Il m'a dit « Ne te prends pas la tête ». Ce type-là m'a poignardé dans le dos, trahi comme jamais personne je crois ne l'a fait avant. Il avait toute ma confiance et s'en est servi pour m'éjecter de mon poste de délégué syndical. J'aurai du mal à lui faire « bonne figure » désormais.

« Ne te prends la tête ». Elle est bien bonne celle-là.

Je pense de plus en plus à négocier une rupture conventionnelle pour fuir mon bureau.

1er mars

Pierre est en arrêt maladie, a de gros problèmes personnels, et me téléphone à midi. Il ne perd cependant pas le nord, disant qu'il maintient sa candidature, même s'il sera absent lors du vote.

Je me fais l'effet de Jean-Marie Le Pen quand ils l'ont chassé du Front National. Ils se sont débarrassés du vieux.

Heureusement qu'il ne lira sans doute jamais ce *journal*, qui est tiré à peu d'exemplaires, et doit avoir quatre lecteurs. Renaud Camus est bien tombé à moins de soixante-dix alors que jadis il était publié chez Fayard.

Le psy me conseille de quitter la CGT.

2 mars

Une salariée de mon service vient me demander de l'aide car mal vue, elle veut demander une rupture conventionnelle, et ne pas démissionner pour se retrouver au chômage sans indemnités. Je lui ai avoué que j'avais été évincé de mon poste et lui ai conseillé notre représentant national Christophe C. , en espérant qu'il soit à la hauteur. Je l'ai appelé et lui ai laissé un mail, lui précisant la situation. Je suis sûr que lorsque j'ai téléphoné, il a pensé que j'appelais pour mon cas au syndicat.

4 mars

J'ai fait un cauchemar à cause des élections CGT dans mon entreprise. Encore mal dormi à cause de cela.

Puis, à 11h00, et jusqu'à 16h30, conférence repas au Cercle Algérianiste sur le paludisme. Je m'y suis royalement ennuyé, ayant l'impression de perdre un précieux temps de mon week-end. Alain M. (voir au 5 février de ce *journal*) était absent. Je ne sais pas si je vais continuer à y aller, les déceptions consécutives auront raison de ma bonne volonté.

5 mars

C'est mon dernier jour comme délégué syndical CGT. J'ai encore mal dormi cette nuit à cause de cela, vivement que cette histoire finisse.

Alain M. me demande mes disponibilités pour venir me voir ma mère et moi.

Je m'inquiète pour mes retrouvailles avec Philippe à Lyon (pour aller voir « Le lac des cygnes »), en raison des grèves SNCF annoncées.

Je pense beaucoup à Muriel, et hier j'ai réalisé croyant avoir perdu sa photo de classe à l'âge de neuf ans en 1952, photo qui se trouvait avec son acte de naissance, qu'elle était bien plus importante que tout le reste.

6 mars

Mon départ du poste de délégué syndical CGT est passé inaperçu. Visiblement, la majorité des adhérents ne sont pas au courant que l'on m'a poussé vers la porte. Tant mieux, je pars la tête haute, et je dormirai mieux.

Visite à l'avocat pour mes voisins.

7 mars

Ma fille m'a appelé hier soir à 22h35 jusqu'à minuit et demie. Je n'étais pas frais ce matin. Si j'ai vu un avocat pour des troubles de voisinage, elle est aussi pour d'autres raisons (pension alimentaire) dans les affaires judiciaires.

8 mars

Sombres nouvelles dans mon entreprise : la mère de ma responsable de service (assez jeune) est décédée brutalement, elle n'était pas d'après ce que j'ai entendu malade. Le directeur adjoint est en arrêt maladie, et aurait un problème cardiaque assez sérieux.

9 mars

A quatre heures du matin, je me lève pour satisfaire à un besoin naturel. Habituellement, je me rendors. C'est le moment où je me rends compte que quelqu'un (Sans doute le voisin contre lequel j'ai engagé un avocat) parle comme en plein jour.

Il va falloir que ce problème se solutionne d'une façon ou d'une autre. Je ne contacte plus le syndic de copropriété qui m'est hostile, mais envoie un mail à mon avocat. Hier soir, ma mère ayant vu un ophtalmologiste et subi un fond de l'œil était « interdite de télé ». Nous n'avons donc pas fait de bruit. Tout au plus ais-je mis en sourdine le thème d'ouverture de « Cliffhanger » avec Sylvester Stallone composé par Trevor Jones. Et comme ma mère, indépendamment du fond de l'œil, n'arrive plus à lire tant qu'elle n'aura pas de lunettes, je lui lis chaque soir mon *journal 2017*.

Le voisin du dessus ne peut arguer du fait que j'ai lu jusque vers 22h30 mon livre à ma mère (je n'ai pas hurlé) pour ensuite me réveiller en parlant fort à quatre heures du matin. J'ai le sentiment que cette affaire là va mal finir, en tout cas, les choses se présentent mal.

10 mars

Une page se tourne avec l'absence d'hommage à Claude François pour le 40ᵉ anniversaire de sa disparition. Ce samedi soir constituait le moment idéal pour une commémoration. En février est sorti seulement un coffret de 3 CD de tubes, sans inédits, une compilation intitulée « For ever ».

Il faut croire que le temps des hommages à Joe Dassin et Cloclo est fini.

Pour le 40ᵉ anniversaire, l'absence télévisuelle choque. Il ne doit plus faire d'audience. Mike Brant et Dalida eux sont oubliés depuis longtemps.

11 mars

Sur Facebook, Charlélie Couture sort de son silence à propos de l'héritage de Johnny Hallyday. Evènement qui prend une importance démesurée. Hier soir, Claude François Jr a eu les honneurs d'une courte interview sur BFM-TV, et au lieu de lui parler de son père disparu il y a quarante ans, le journaliste l'a questionné sur Laetitia Hallyday.

Voici la prose de Charlélie :

Pffff ! J'ai beau essayer de faire comme si je n'en savais rien, feindre l'ignorance avec dédain, c'est impossible. Ce post de mauvaise humeur est comme une crise d'eczéma urticante qui me démange de faire savoir que je fais partie des millions qui rêveraient d'être tenus à l'écart des funestes chipotages concernant l'ancien ou le nouveau testament du dieu J.H.

J'en conviens, je n'ai jamais fait partie du club. Même quand j'ai essayé de m'y mettre pour « faire comme », malgré tout, mes paumes (rock) ont glissé sur les apparences, et je n'ai jamais adhéré aux valeurs de la secte Djoniste.

Et si "toutes les stars" se devaient d'être présentes aux funérailles de Jean Philippe Smet, pour autant je fais partie des autres gens que la mort de Johnny Hallyday a surtout intrigués parce qu'elle affectait des millions d'autres, qui semblaient eux, se retrouver éperdus du jour au lendemain, abandonnés par celui qu'ils vénéraient comme on adule un mythe immatériel, mais dont la mécanique du corps a finalement succombé à l'usure naturelle du temps, (ainsi qu'aux nombreuses épreuves que ledit funky défunt a fait subir à son enveloppe charnelle). Mais quoi ? Depuis le 3 décembre, beaucoup d'autres personnes sur Terre, et parmi eux certainement des très bien, ont aussi perdu la vie, c'est notre destin d'humain, et les traitements les plus pointus, prodigués par les meilleurs médecins, ne permettront jamais de rester éternellement jeune. Comme le goudron nicotiné dans les poumons, même le papier jaunit (...)

Tout au long de son existence, nous avons été informés de chacune de ses tribulations. On nous disait tout, et même bien plus qu'on ne voulait en connaître. Les courtisans soulevaient les tapis, les reporters l'accompagnaient dans le désert, d'autres lui fournissaient ce qu'il voulait : de l'alcool, des bagnoles, de la came, des textes à chanter, des maisons à habiter, des vêtements à porter, des filles à aimer. Et y en avait jamais assez. Une surenchère de trop, de plus, de kitch, de rococo, Rock cocorico, de simili et verroteries, de falbalas, flafla et tatouages sudistes. Délires d'excès, cette exubérance alimentait l'imaginaire de certain(e)s d'y croire. Mais si de son vivant, il était accompagné par une cour comme un Louis XIV en perfecto dans la galerie des glaces d'un palais - boîte de nuit, on

pouvait espérer que ça se tasse après le deuil, tel un château (de Versailles) en sable balayé par une vague fatale. Oui, c'est vrai, je fais partie des millions qui n'en ont rien à battre de ce qui reste devant le garage une fois que sa (ses) Harley(s) a/ont été rangée(s). Bien sûr on sait qu'il a truandé le fisc, qu'il a fait les 400 coups, il n'était pas blanc-blanc, pourtant il n'avait pas l'air d'être un salaud. Il faisait peut-être des conneries mais difficile de croire qu'il fut cruel au point de renier ses deux aînés avec lesquels il semblait bien s'entendre. Alors vraisemblablement l'autre côté a pris le rôle du « vilain », abusant de sa naïveté/faiblesse apparemment la belle-famille a l'air un peu moche. Ok, les héritages donnent lieu à beaucoup de malentendus entre malentendants et les sous rendent sourd; et quand il s'agit de sous, on s'enivre, mais depuis le 5 décembre, le fantôme de l'idole des jeunes continue de hanter plein pot (d'échappement) les tabloïds et nos boîtes mails débordent des cancans du clan. Et Sylvie par ci, et Nathalie, et "les p'tites", et le dernier jour son canari..., et Jean Reno, et les Boudou-escrocs par là, et ah, Laetitia... cherchez e la flamme ?! Pseudos infos, mesquineries et chipoteries viciées dans la nébuleuse des amis et parents du défunt chanteur, toutes ces couronnes d'âneries auraient dû faner sur sa tombe. Ah si seulement on pouvait allumer le feu avec tous ces papiers ragots, commérages de gazetier aux relents de dioxyde de carbone, hydrogène et méthane, autrement appelés « pet ». Lâchez nous ! Raconté comme plutôt « timide » par ses amis, feu Johnny qui s'est éteint, trouverait peut-être enfin le calme et nos écrans ne seraient plus saturés, on a mieux à faire qu'à disserter sur ce sujet. Laissez-le en paix là où il est, et nous avec. Point Barth.
CharlElie C.
Mars 2018.

15 mars

J'ai fait un cauchemar cette-nuit. J'étais un ouvrier, avec casque de chantier, combinaison, mais me demandait bien ce que j'allais pouvoir faire, n'étant pas un travailleur manuel. J'avais un camion benne.

Du coup, aller à mon bureau a été un soulagement.

Demain, C. vient me chercher à 7h30 pour aller à la Bourse du Travail à Lyon pour ma dernière sortie syndicale, il va falloir se lever tôt. Habituellement, je me réveille à 7h00 et arrive au bureau à 8h30.

Lyon, Bourse du travail, 16 mars

Journée pas trop ennuyeuse, mais ne me portant pas à l'enthousiasme à la Bourse du Travail à Lyon avec Christophe C.

La journée était animée par deux Murielle ! Mais à part le prénom, elles n'avaient rien à voir avec celle que j'aime tant.

Ce soir, je suis contrarié par l'annonce de la grève SNCF qui risque de compromettre un concert de Lara Fabian le 16 juin (jour où il y a des trains, mais les deux jours suivants non) et pour lequel j'ai pris un billet. Ce concert est consécutif à son album en anglais de 2017 « Camouflage ».

Valence, 19 mars

Je me sens anormalement fatigué. Journée harassante au bureau avec le téléphone. J'aurais bien dormi ce matin, quand le réveil a sonné.

Espérons que je me fasse des idées. Et que je finisse ce *journal*.

20 mars

Je vais devenir fou par manque de sommeil. Entre trois et quatre heures, la voisine du dessus a fait du bruit et m'a réveillé, je n'ai pu me rendormir et ai été un zombie toute la journée. J'ai envoyé un mail à mon avocat qui ne s'est pas encore bougé. Cette situation devient préoccupante.

Viviers, 21 mars

Grève des avocats, le mien n'aura donc pas lu le mail envoyé ce matin :

Bonjour Ivan,

La situation se détériore et je te supplie d'intervenir. Hier, au moment de nous coucher, vers 22h40, ma mère et moi avons entendu Mlle X, la voisine du dessus. Nous ne l'avons pas entendu arriver par l'escalier.
Ma mère a entendu le déclenchement d'un appareil ménager à cette heure-là.

J'étais épuisé par mon insomnie de la nuit précédente et j'ai mis des boules quies. Malgré cela, j'ai entendu Mlle X marcher comme en plein jour, fermer les volets sans précaution, et des bruits ressemblant à des meubles que l'on déplace. Je me suis endormi avec grande difficulté et réveillé à 5h58. Dès que j'enlève mes boules quies, j'entends cette voisine faire comme si elle était en plein jour.

Je suis au bord du burn-out et te demande de faire expluser sans délai ces locataires. Comptant sur ton aide rapide, cordialement

Patrick SANSANO

Je me suis rendu à Viviers fatigué, et pour la première fois, je n'ai pas vu un film avec Lucas, il n'y en avait pas et je l'ai emmené au centre de loisirs « Recrea9 » à Châteauneuf du Rhône. J'ai eu l'agréable surprise que mon second petit fils Lohan ne soit plus sauvage et accepte de rester seul avec moi.

Ma fille n'avait pas d'enfants à garder et voulait que l'on aille à Avignon, mais le mistral nous en a dissuadé. Cela est remis à plus tard, un week-end m'a-t-elle dit.

23 mars

Je suis en arrêt maladie pour une semaine et dort avec des boules Quies. Les voisins continuent de vivre leur vie la nuit à mes dépends.

Demain, je retrouve Philippe à Lyon pour « Le lac des cygnes » et surtout discuter.

A l'instant, j'apprends qu'à Carcassonne a lieu un nouvel attentat islamiste et qu'il y a des morts.

Lyon, 24 et 25 mars, Valence 25 mars

Seize mois après l'avoir vu à un concert d'Elton John, je retrouve Philippe pour aller voir « Le Lac des cygnes » samedi 24. Spectacle formidable. Nous avons échappé aux grèves SNCF qui n'ont pas encore commencé. Dimanche 25, c'est déjà du passé.

Le temps passe trop vite.

30 mars

Je reçois ce jour un CD, ce qui devient peu fréquent, il s'agit de la musique de « Ben-Hur » par Miklos Rozsa. Les acquisitions de CD devenant rares, je les apprécie au plus haut point à chaque fois.

1er avril

Visite éclair de ma fille et mes petits enfants qui vont à un repas de famille. Elle m'a offert un cadeau pour Pâques à cette occasion, un livre de Raphaëlle Giordano, « Ta deuxième vie commence quand tu comprends que tu n'en as qu'une ».

Sur les chaînes d'information comme BFM-TV, on ne parle que de la grève de trois mois des cheminots. Les choses ne semblent pas parties pour s'arranger pour mon voyage du 16 juin (concert de Lara Fabian).

3 avril

De retour au bureau après un arrêt maladie d'un peu plus d'une semaine, je trouve une montagne de boulot. J'ai mal dormi, les voisins ne sont pas encore partis et font toujours du bruit, mon sommeil s'est limité à un peu plus de quatre heures. J'ai rarement été aussi fatigué.

Je viens d'apprendre que trois ans après sa mort sort un album inédit du compositeur James Horner, « Living in the age of airplanes ». Cette-fois, c'est vraiment le tout dernier.

4 avril

J'ai l'occasion de revoir « Ton amour et ma jeunesse », feuilleton sentimentalo-policier de 1973, qui compte 24 épisodes, avec Daniel Sarky et Danielle Volle, tous deux fauchés jeunes par le cancer. Je viens de relire le roman dont il est fidèlement adapté signé Charles Exbrayat.

Il y a eu de la grêle aujourd'hui et j'ai eu peur qu'elle abîme ma voiture, mais ce n'est pas le cas.

6 avril

Je sors de mon examen quinquennal chez le cardiologue : tout va bien.

J'ai un souffle au cœur bénin qui a été détecté au service militaire (ce qui ne m'a pas empêché de le faire) en 1982.

Avant, j'avais un électrocardiogramme et une échographie tous les dix ans, mais avec l'âge depuis la dernière fois, c'est tous les cinq ans.

Comme j'ai dit que je voulais faire du vélo, j'aurais un test d'effort à l'hôpital en juillet.

J'ai trouvé que mon cardiologue avait bien vieilli, je l'ai à peine reconnu.

7 avril

J'ai demandé à mon vendeur d'ordinateur de changer la batterie du mien, mais il a constaté un défaut concernant je ne sais quelle carte (je n'y connais rien) et la changer reviendrait plus cher que d'acheter un nouveau PC.

Il est certain que je n'achèterai pas mon prochain ordinateur chez lui.

Nouvel attentat islamique en Allemagne.

Hier, on ne parlait que de la mort de Jacques Higelin, que j'ai vu plusieurs fois en concert, mais n'aimais plus.

9 avril

Je suis pris ces jours-ci d'un enthousiasme incompréhensible. A moins que ce ne soit elle, Muriel, qui soit venue me réconforter, ce dont je suis quasi certain.

Hier soir, quand je me suis couché, j'avais l'impression qu'elle était dans la pièce à côté, à me redonner du tonus.

Il n'y a que Muriel qui soit capable de faire un miracle pour cela.

Châteauneuf sur Isère, 10 avril

Obligé d'aller à cette assemblée annuelle en tant que délégué cantonal CGT. Et de supporter Arlette D. retraitée mais toujours aussi embêtante. J'aurais mieux fait d'aller travailler et de trouver une excuse pour ne pas aller m'ennuyer.

Je me demande si je ne deviens pas bipolaire, car ce soir, mon humeur est irritable et mon moral au sixième dessous.

Valence, 16 avril

Depuis que je ne suis plus délégué syndical, je suis quasiment à jour de mon travail, voire n'ai plus rien à faire, ou du moins à attendre que le téléphone sonne. Ce fut finalement une bonne chose, une délivrance.

La télévision ce week-end nous avait gavé du bombardement sur la Syrie auquel la France a participé, à présent, c'est l'interview de Macron par Edwy Plenel et Jean-Jacques Bourdin qui revient en boucle.

Samedi soir, David m'a téléphoné durant presque cinq heures, me faisant rater le premier des trois épisodes inédits de « The X Files » avec Gillian Anderson.

21 avril

Une semaine est passée sans que j'aie eu à noter quoi que ce soit d'intéressant sur ce *journal*.

Les beaux jours reviennent. Je continue à me faire souci à cause de la grève SNCF. Je pense de moins en moins à Muriel.

Ce matin, j'ai eu des émotions fortes, après m'être couché tard. J'ai acheté une multiprise électrique à cinq entrées anti foudre, et ai demandé à mon voisin de m'installer son magnétoscope. Il a failli détraquer tout mon équipement. Je regrette vraiment d'avoir fait appel à lui, déjà pour la voiture en décembre. Il est gentil mais l'enfer est pavé de bonnes intentions.

Mon matériel audiovisuel est vétuste, et ce n'est pas le moment financièrement de le changer. Il faut y aller avec délicatesse, et ne pas s'énerver à enlever et retirer des prises péritel comme le voisin l'a fait. J'en ai encore des sueurs froides. Son magnétoscope ne fonctionne pas, mais à un moment donné, je n'avais plus ni télévision, ni décodeur Numéricâble, ni dvd recorder. Il est resté jusqu'à ce qu'il remette les choses en l'état comme elles étaient ce matin. A un certain moment, le décodeur restait éteint, et j'ai sincèrement pensé qu'il avait grillé, or la fusion SFR Numéricâble fait qu'on ne sait plus qui appeler en cas de problème, et je doute d'ailleurs qu'un technicien se soit dérangé, ou alors à grands frais.

Ma fille ne me donne pas de nouvelles et cela m'angoisse.

Bien qu'il fasse beau dehors, avec un ciel bleu et un soleil éclatant, je vois tout en noir.

J'ai quitté Facebook pour un forum à dimension humaine, « Le thé de Betty », où malheureusement je n'attire pas avec mes sujets de discussion (séries anciennes, chanson italienne, James Bond) mais où je suis mieux intégré car il y a moins de personnes.

Les 5000 amis Facebook à part ma fille sont des fantômes.

Le 21 avril 2002 et le séisme de la présence de Jean-Marie Le Pen au second tour me semble appartenir à une vie antérieure.

22 avril

Dernier repas-conférence de la saison du cercle algérianiste. Je m'y ennuie, et j'y vais parce que c'est le dernier. Je ne pense pas renouveler l'expérience l'année prochaine, cela empiète sur mon temps libre du week-end sans me permettre de me faire des amis.

26 avril

Comme chaque année hier, j'ai eu une pensée pour Mike Brant que tout le monde a oublié. Il n'y a même pas eu d'hommage pour le quarantième anniversaire de la mort de Claude François. Ce mois d'avril a défilé à la vitesse grand V, sans que je retienne des choses intéressantes pour ce *journal.*

J'ai su hier que les ventes de l'album de Lara Fabian « Camouflage » sont un désastre. A mon avis, elle vient d'enterrer sa carrière en tentant de faire le grand saut pour concurrencer Céline Dion.

30 avril

Mort de Rose Laurens d'un cancer contre lequel elle se battait semble-t-il depuis des années. Au moins depuis 2016. Son mari, le compositeur Jean-Pierre Goussaud a été emporté par la même saloperie en 1991.

J'apprends la mort de Pierre Chambet, un vieux copain syndicaliste à FO à la retraite, qui était toujours le premier à me souhaiter les vœux (mi-décembre). Il y a deux ans, il n'avait pas écrit, j'étais venu aux nouvelles en lui présentant mes vœux, et il m'avait annoncé que depuis juin, il était en chimiothérapie. Il avait 74 ans, Rose Laurens 65. Je me préoccupe de ma retraite, mais aussi bien le cancer m'aura rattrapé avant.

Je ne sais quand est mort Pierrot Chambet. La nouvelle était sur Facebook, donné par notre ami commun René, qui lui-même a survécu à un cancer. Il m'est difficile d'appeler René, dont l'épouse est gravement malade, je ne veux pas le déranger dans ces moments pénibles.

Mon voisin m'a porté une télévision et un magnétoscope qui fonctionne. Je pourrais revoir de vieilles VHS. Je viens de passer deux jours à ranger les 2000 que je possède, une vraie galère. Mais tout est en ordre maintenant. Je saurai où trouver la cassette que je veux visionner. Par contre la deuxième télé dans un appartement T3 fait que l'ensemble est assez encombré.

La Motte Servolex, 4 mai

Je me suis rendu aux obsèques de Pierrot, qui est donc décédé dimanche dernier, à la Motte Servolex, en Savoie, après deux ans de souffrance dues à un cancer du rectum diagnostiqué trop tardivement, ce qui a rendu impossible une opération.

Après une messe pénible, sans doute imposée par la famille, alors que le défunt n'était pas croyant à ce que j'ai pu comprendre, j'ai retrouvé des syndicalistes tous en retraite que j'ai fréquenté pendant la décennie 90, et nous avons partagé un repas.

René T. a insisté pour que je vienne aux obsèques, alors que je comptais envoyer des fleurs. Dans cette bande de militants qui pour la plupart furent tous des anarcho-syndicalistes, j'ai revu sans plaisir Jean-Luc F. qui jusqu'à sa retraite m'a occasionné, comme délégué CFDT, notamment dans une pénible affaire en 2015, des déboires qui ont eu pour conséquence la remise en question de mon mandat de délégué syndical. René ne tenait pas à manger avec lui, mais finalement s'y est résigné et je l'ai accompagné.

J'ai revu des amis de Pierrot (Robert B, Gilbert et Jean-Marc dont je n'ai jamais su le nom de famille, mais aussi la bande des syndicalistes que je fréquentais la décennie 90 : René T., Brigitte D., Jean-Luc F., Philippe C.)

Il ne manquait que Georgette A. qui voulait fêter mes quarante ans en 1999, la chose ne s'est pas faite, et elle-même est décédée à 59 ans d'un cancer en 2009. Je regrette beaucoup Georgette, avenante et sympathique.

Pendant que j'étais en Savoie, ma mère a reçu une visite de Mlle X (voir mon entrée du 21 mars) qui lui a dit ne pas être la voisine du dessus, mais de l'appartement en face, au-dessus.

Cette journée où je me suis rendu à Chambéry en pleine grève SNCF a nécessité que je me lève à 4h30 pour rentrer chez moi à 19h50, perdant un temps fou à Chambéry et Grenoble. Je n'ai pas souhaité m'y rendre avec mon Opel. J'avais la crainte de ne pas trouver La Motte Servolex et d'arriver trop tard aux funérailles.

J'ai appris que les lyonnais et savoyards parlent de « sépulture » et non d'enterrement ou de funérailles.

On ne peut pas dire que je fus à l'aise : la présence de Jean-Luc F. qui ne semble plus m'en vouloir et le récit détaillé des souffrances de Pierrot m'ont perturbé. Ce dernier souffrait comme moi d'hémorroïdes et n'a donc sans doute pas passé de test de dépistage et de coloscopie. Cela lui a valu un cancer dépisté à 72 ans et un décès à 74.

Nous avons pris le repas dans la zone industrielle de La Motte Servolex. J'étais ailleurs, je pensais à Pierrot, mais aussi au cancer, et les grèves ferroviaires ont achevé d'assombrir mon humeur.

Valence, 5 mai

C'est aujourd'hui que Mélenchon et la France Insoumise défilent contre Emmanuel Macron. Il a beaucoup été question du président actuel hier. Mais personne n'a parlé de Jean-Luc Mélenchon.

Je me rends compte que chacun des présidents de la république qui se sont succédés n'a trouvé grâce aux yeux des anarcho-syndicalistes dont je parlais hier : François Mitterrand, Jacques Chirac, Nicolas Sarkozy, François Hollande et Emmanuel Macron.

Le peuple vote mais nous sommes des éternels insatisfaits. Les syndicats sont en perte de vitesse et les français veulent des réformes, mais l'histoire semble se répéter perpétuellement.

Mlle X a dit à ma mère hier qu'elle comprenait qu'il y avait méprise et ne fera pas d'histoires.

Les voisins qui m'ont ennuyé depuis 2016 n'auront pas su que j'ai déclenché contre eux une procédure judiciaire, puisque je n'ai pu trouver leur nom qui ne figure pas sur leur porte, et que les boîtes aux lettres sont dans le désordre.

J'ai beaucoup pensé à Muriel hier. En écoutant la messe, je me rendais compte que je crois ou n'ai cru en Dieu, je ne sais pas, que dans la perspective de la retrouver. Mais depuis la fin 2015, David l'a faite considérablement tomber de son piédestal. Ou bien j'ai fait mon deuil.

Il était prévu hier que j'ai une communication téléphonique avec David, et je l'ai prévenu que je me rendais à des obsèques en Savoie.

Il va me falloir téléphoner à Khadija Delberghe pour espérer être reçu, avec David, le dimanche 17 juin, et cette tâche me pèse.

Eh puis cette grève SNCF dont j'ai pu constater les méfaits hier avec la bousculade au retour pour prendre un autocar à Grenoble m'exaspère, perturbant mon prochain séjour parisien.

Politiquement, je ne sais plus où j'en suis, tellement j'entends dire que Macron est le président des riches. Ce qui déplaît chez lui, c'est son attitude de souverain royal, il me rappelle plus un monarque qu'un président de la république.

Olivier Faure, le nouveau secrétaire du Parti Socialiste, dont la formation est en reconstruction, permettra-t-il que ce parti renoue avec les classes moyennes et les français de souche, au lieu de se cantonner aux bobos et aux acharnés qui veulent faire venir sur notre territoire toute la misère du monde, migrants, islamistes et j'en passe ? Pour l'avoir entendu plusieurs fois, l'homme me plaît bien. J'aimais bien Jean-François Cambadélis, Manuel Valls, Stéphane Le Foll, Arnaud Montebourg. Il n'y a pas que des Harlem Désir au Parti Socialiste.

Un Parti Socialiste conscient de l'invasion migratoire, voilà ce que j'espère. Et plus au centre qu'à la gauche de la gauche dont je ne veux plus entendre parler, avec un Jean-Luc Mélenchon et des « Insoumis » d'un sectarisme rare et pro-immigrés à tout va, excusant même les djihadistes.

J'ai besoin de retrouver des idéaux et de croire en quelque chose pour continuer le chemin. La CGT me révulse. Macron prend de bonnes mesures mais m'inquiète par son arrogance.

Et côté spiritualité, j'ai besoin de remettre mes pensées en ordre. Je veux un au-delà et retrouver Muriel Baptiste. Mais la messe de funérailles de Pierrot où il n'y avait même pas de prêtres (ils sont en voie d'extinction) remplacé par une dame qui a repris le laïus habituel de l'église catholique m'a mis mal à l'aise.

(Après midi)

Khadiha Delberghe ne sera pas libre pour nous voir David et moi le 17 juin, elle sera au Maroc. Elle seule en 2025 aura le pouvoir de renouveler la concession à Pantin où repose Muriel Baptiste. David veut essayer aussi de savoir dans quelles conditions son mari a rencontré Muriel et où. Elle me téléphonera à son retour du Maroc.

Je pense beaucoup à Pierrot qui serait encore là s'il avait fait le dépistage du cancer colorectal.

6 mai

Grande frayeur ce dimanche 6 mai 2018, je ne retrouvai pas une revue rare sur Muriel, « Un jour », numéro de janvier 1971. En fait, en raison de sa taille, comme d'ailleurs les « Marie Claire », elle ne peut être rangée avec les Télé 7 jours et autres magazines sur Muriel. J'ai longuement cherché, mis sans dessus dessous mon salon, pour me rappeler ensuite où se trouvait le précieux magazine acheté sur Price Minister. Si l'on doute que j'aime toujours Muriel, la preuve en est donnée !

8 mai

En allumant l'ordinateur, j'apprends la mort de Maurane, une semaine après celle de Rose Laurens. Elle avait 57 ans. Dieu me pardonne, mais s'il y avait vraiment une chanteuse que je n'aimais pas, c'est bien elle. Qu'elle repose en paix ! Je suis triste pour ceux qui l'aiment.

Ma fille pour Pâques m'a offert un livre qu'à ma grande honte je n'avais pas lu. « Ta deuxième vie commence quand tu comprends que tu n'en as qu'une » de Raphaëlle Giordano. Ce livre parle du développement personnel, du fait que l'on est seul maître de son destin et que l'on peut changer ce qui ne va pas dans notre vie en cessant de toujours rejeter la faute sur les autres. Il va m'être d'une grande utilité, sans doute davantage que mon psy. Je pense que ma fille ne me l'a pas offert pas hasard. Dans la foulée, je lirai son livre cadeau de Noël où j'en suis resté à page 74, « Comment faire les bons choix » de Chip et Dan Heath dont le sous titre est « Une démarche efficace en quatre étapes pour prendre les meilleures décisions ». Par le passé, ma fille, dont j'ai reconstitué la liste des cadeaux, ce qui l'a étonnée, m'a surtout offert des disques. Les livres qu'elle m'offre semblent être des bouteilles à la mer pour m'apporter le réconfort qu'elle ne me donne pas quand je vais mal, pour me donner des solutions. Elle m'a dit un jour « Positives ! On est là l'un pour l'autre mais je ne peux rien faire pour toi ». Elle le fait à travers ses cadeaux.

Voici le billet du jour de Charlélie Couture sur facebook, qui n'est lisible que par ses amis sur le réseau social :

Il fait beau. De ces temps de printemps merveilleux qui vous rendent joyeux, pourtant j'ai le cœur en vrac. J'ai fait un rêve, un mauvais rêve comme on les appelle. Il n'y a pas que ces rêves faciles qui vous servent de trampoline, il y a aussi ces rêves comme des roues voilées qui vous font rouler de travers. Je ne sais pas pourquoi après tant d'années j'ai fait ce rêve dans lequel j'ai revu mon père. On était dans une maison qui ressemblait à celle de mon enfance. Apparemment il a beaucoup plu, le sol est mouillé. Je sors et je glisse dans l'herbe grasse. Je tombe sur trois vieilles plaques de chocolat qui datent de 2001. J'en goute une. Je me dis qu'il est encore bon. Soudain j'entends la voiture de ma femme qui arrive, je crains qu'elle ne me surprenne là. Il semble que j'aie honte. Je me cache comme si j'allais me faire prendre la main dans le sac en train de commettre un péché. Je rentre dans la maison, je veux cacher ces plaques de chocolat, comme on cache un trésor. La porte qui donne sur la terrasse est restée ouverte, ça fait un méchant courant d'air froid/frais. Dans un fauteuil, mon père est installé qui ne dit rien sous une couverture. Il me regarde, d'un œil bienveillant. Je ne suis pas surpris de la voir là. Je lui demande si « ça va ». Il me fait signe que oui. Je vais chercher quelque chose dans une autre pièce. Quand je reviens dans le salon, tout le monde semble affolé. On m'explique qu'on le cherche partout, qu'il a dû partir par la porte restée ouverte. On part à sa recherche. Il y a beaucoup de gens, tous alignés comme une battue dans la campagne. Je suis embarrassé d'avoir mobilisé tant de gens. Je pense qu'on va le retrouver vite. Mais on ne le trouve pas. Le jour baisse. Il fait froid. Je suis très inquiet. On est vraiment loin de la maison, je me dis que c'est impossible qu'il ait parcouru une telle distance dans son état. Quand il m'a parlé tout à l'heure, on aurait même dit qu'il était incapable de marcher. Alors comment aurait-il pu venir jusqu'à cette vallée ? La foule s'égaye. Il n'y a plus vraiment d'espoir. Les gens s'en vont. On ne l'a toujours pas trouvé j'essaie de dire qu'il faut chercher plus près de la maison, mais soudain un homme vient voir le responsable des recherches, il lui murmure à l'oreille que c'est lui, là-bas en pointant une tache de couleur bleu/vert au milieu d'un pré. « Restez ici, ne bougez pas » m'ordonne le chef de la police.

Puis une femme qui ressemble à ma mère, s'approche elle explique à une autre personne que depuis là où il se trouve, quand on se place d'une certaine manière, entre les bosquets, on peut lire sur une publicité « Tank you very much ! ». Ça me fait sourire. Je pense que c'est intentionnel, qu'il a fait exprès de venir mourir là. Je regarde à nouveau la couverture et sans avoir eu l'occasion ni le droit de m'approcher pour le voir une dernière fois, je me réveille. Et merde !

Je voudrais me rendormir, mais impossible.

Je me lève un peu patraque. Le cœur lourd. Mon père est mort en 2001. Sans être aussi terribles que les cauchemars, certains rêves sont justes mauvais. C'est vrai, quoi, il ne sert à rien celui-là si ce n'est de me faire entrer dans la journée avec un certain handicap. Pourquoi fait-il exprès de me créer de la peine ? Je sais que ça va passer, y a pas de raison.

Aujourd'hui répétition pour Sion, un concert « d' excep-sion » demain en Suisse. Vu que Karim Attoumane est à l'étranger, Nico Mingo prendra le relais à la lead guitar. Enfin, s'il arrive jusqu'ici, vu qu'il n'habite pas tout près et que les grèves tournantes de la SNCF compliquent terriblement la vie des citoyens...

Quand je parle de mauvais rêve, il y a aussi de mauvaises réalités.

Pourtant il fait si beau, la lumière est divine, le temps idéal ni chaud ni froid, si agréable ! De ces heures qu'on adore, qui ne sont que délice. Et pourtant, ce rêve à la con qui s'est posé sur ma conscience me fait comme un voile. Il paraît que c'est ça qu'on appelle : le Blues.

Toute la musique que j'aime...

CharlElie
Mai 2018

13 mai

Je dois demain me rendre à l'appartement où j'ai passé mon adolescence à Montélimar, afin d'y récupérer des souvenirs et tout ce que je ne veux pas jeter ou vendre.

J'ai pris aujourd'hui de l'avance pour mon blog Muriel Baptiste, ayant quasiment terminé de rédiger le mois de juillet 1973.

L'Eurovision hier a été lamentable, y compris la participation italienne. Il serait temps de mettre fin à cette kermesse lamentable. La victoire de la chanson israélienne m'a parue injustifiée, mais à mon sens, tout était creux, et personne ne méritait de gagner.

Pendant que la chanson française du groupe Madame Monsieur « Mercy » à la faveur des migrants et acclamée par tous les bobos partisans du politiquement correct et du « Pas d'amalgame », un nouvel attentat de l'état islamique a eu lieu à Paris dans le quartier de l'Opéra. J'ai vu dans l'attentat de ce « fichier S » comme une réponse à la chanson.

Montélimar, 14 mai

Ma mère ayant décidé de se séparer de son appartement montilien, je m'y suis rendu pour récupérer son banjo de jeunesse (que j'ai par bonheur retrouvé intact), des bandes dessinées, des livres, des papiers.

Il ma faudra faire une seconde visite. L'intervenante qui fait le ménage une fois par mois est arrivée, et j'ai vu que je la gênais, faisant des saletés avec la poussière tandis qu'elle lavait.

Il reste quelques papiers de ma mère, et il faudra que j'y retourne avant de penser à tout brader.

Je suis revenu la voiture chargée à bloc, à part le banjo, beaucoup de choses (les livres essentiellement) seront entreposés dans ma cave. J'ai pris la Nationale 7 et roulé doucement, mais eu le plus grand mal à trouver un sandwich. Avec l'autoroute, la plupart des relais routiers sont fermés, et les deux que j'ai trouvés ouverts n'avaient plus de pain dans l'après-midi. J'ai mangé un sandwich et bu une bière ... à Portes les Valence !

Ma mère va trier les papiers que je lui ai ramené, en conserver certains, essentiellement les photos, en jeter d'autres.

Valence, 15 mai

Le 15 mai, on appris le décès de Margot Kidder, la fiancée de « Superman » avec Christopher Reeve, dans des conditions non précisées. On l'a retrouvée morte le 13 mai chez elle. Peut-on parler de malédiction après l'accident de son partenaire Christopher Reeve en 1995 qui l'avait rendu paraplégique (chute de cheval). Il est décédé depuis le 10 octobre 2004 à 52 ans. Margot elle a souffert de troubles bipolaires, dont elle semblait s'être remise. Elle part à 69 ans comme Elizabeth Baur l'année passée, mais la disparition de cette dernière m'a bien davantage affectée, d'autant que je regarde actuellement l'intégrale de « L'homme de fer » en DVD.

Margot Kidder ne m'a jamais vraiment intéressé. Mais 69 ans, c'est jeune. En 1996, SDF, bipolaire, elle avait été internée. Elle avait repris sa carrière très vite, sa dernière apparition datant de 2017 dans « The neighborhood » de Frank D'angelo au cinéma, inédit en France.

Ce n'est pas une disparition qui m'affecte comme celles de Roger Moore et Elizabeth Baur en 2017.

Viviers, 16 mai

Nous avons été voir avec mon petit-fils Lucas le film d'animation mélangeant acteurs réels et personnages de dessin animé « Pierre Lapin ». C'est le 19ᵉ que nous voyons depuis « Les nouveaux héros » le 25 mars 2015, et j'ai l'impression, comme à chaque fois, que ce sera le dernier. En effet, je n'ai plus de congés avant juillet un mercredi, période où il sera chez son père, et l'an prochain, il entre au collège en 6ᵉ au Teil.

Lohan est trop jeune pour prendre la relève. Ma fille Claire m'a dit que Lucas ne voyait plus trop de dessins animés mais des films d'adulte, dans la mesure où ils sont de son âge. Nous n'étions pas partis d'ailleurs pour voir un film pour enfants. J'avais trouvé deux dessins animés, « Tad et le secret du roi Midas » et « Léo et les extra-terrestres ». Cela ne lui convenait pas, il aurait préféré voir « Taxi 5 » mais a déjà été le voir avec ma fille.

Il n'y a pas à chaque fois obligatoirement un film que Lucas puisse voir, j'en ai parlé dans ce *journal* le 21 mars où j'avais emmené mon petit-fils au centre « Récréa9 », car il n'y avait absolument rien, que des films pour adultes ou trop violents. Depuis mars 2015, à chaque fois, nous avons eu de la chance de trouver un dessin animé.

Pour goûter à nouveau aux dessins animés pour enfants, il faudra que j'attende que Lohan soit un peu plus grand. Je pense en effet que sous peu, Lucas préférera se rendre au cinéma avec des copains et des copines plutôt qu'avec son grand-père.

Je suis resté le soir pour manger en famille à Viviers, ma fille a commandé des pizzas.

Dans « Pierre Lapin », j'ai découvert une belle actrice, l'australienne Rose Byrne née en 1979. Elle a déjà tourné 62 rôles mais je n'en ai vu aucun. Une fille bigrement sexy en mode campagnarde. Je ne connais pas le compositeur, Dominic Lewis, un illustre inconnu.

Le service courriel de la poste est aussi déplorable que le service de la poste tout court. Les mails mettent des heures à arriver. Là où les choses se gâtent, c'est si comme moi vous vous êtes identifiés à un site marchand avec l'adresse de la poste. Tout changement de mot de passe devient une gageure. Je vais migrer vers l'adresse de mon opérateur Internet tout ce qui est à « la poste ».

Montélimar, 17 mai

Je me suis rendu avec mon voisin intéressé par l'achat de l'appartement de ma mère à Montélimar, appartement dont elle n'est ou n'était qu'occupante à titre gratuit. Le voisin était intéressé, mais la propriétaire, une amie de ma mère, veut le faire estimer, et je crains que l'affaire capote.

De toute façon, je vais faire débarrasser cet appartement que le voisin l'achète ou pas et rendre les clés à la propriétaire.

Valence, 18 mai

J'ai décidé de ne plus me faire de souci pour l'appartement de Montélimar.

Je ne sais quoi offrir à ma mère pour son anniversaire et la fête des mères, qui cette année tombent le même jour, ses artistes préférés André Rieu et Frank Michael, objets de cadeaux à cette occasion habituellement, étant aux abonnés absents.

Il va me falloir faire preuve d'imagination.

J'ai installé la télévision et le magnétoscope donnés par le voisin dans mon salon à côté de mon ordinateur, et regarde « La ligue des gentlemen extraordinaires », le dernier film que tourna Sean Connery en 2003 au cinéma. J'avoue que j'avais décroché lors d'une diffusion télévisée de ce film au bout de quelques minutes. Curieux de la part du premier James Bond au grand écran d'avoir mis un terme à sa carrière avec cette bande dessinée, amusante sans plus.

22 mai

Les voisins s'en vont mais ils ont décidé de nous embêter jusqu'au bout. Ils m'ont réveillé à 2h30, heureusement que je suis en congé encore aujourd'hui et demain.

Je ne sais ce qu'ils trafiquent, jettent des choses au sol en pleine nuit, ce qu'ils font depuis plusieurs mois. Le couple s'est séparé, mais la femme est toujours là, l'appartement est indiqué « A louer », et je sais qu'elle s'en va.

Mon avocat s'est révélé d'une totale inefficacité et d'une lenteur à agir inouïe. De plus, je lui ai indiqué d'après les boîtes aux lettres (qui ne sont pas dans l'ordre) un nom erroné.

Les grèves continuent et ayant vu le bazar que sont les transports en allant à l'enterrement de Pierrot Chambet, je me fais du souci pour le concert de Lara Fabian le 16 juin car le mouvement ne sera pas terminé. Je risque avoir les plus grosses difficultés à revenir le 18 juin, jour de grève.

Mélenchon et la CGT se réunissent et j'espère de tout cœur qu'ils vont échouer face à Macron. Et que ce dernier va mettre un peu d'ordre dans le pays. Est-ce mon éviction du poste de délégué syndical mais je ne supporte plus les mots d'ordre de la CGT ?

Je me régale en enregistrant sur You tube des anthologies américaines des débuts de la télévision, dont surtout la série « Haute Tension », qui correspond là-bas à « The Kraft Suspense Theatre ».

La situation politique en Italie m'inquiète, avec la coalition entre le mouvement 5 étoiles de l'acteur Beppe Grillo et de la Ligue, même si je ne suis pas un fervent supporter de l'Europe des financiers. Je note que depuis 2018 ce parti ne s'appelle plus « La ligue du Nord » mais « La Ligue ». Après le Brexit, l'Europe part en déliquescence. Les nationalismes m'ont toujours fait peur.

Il n'y aurait pas du populisme un peu partout si les socialistes et la gauche en général n'avaient pas tant privilégié les migrants, excusé les racailles de banlieues, fait preuve de politique « Bisounours » (ce mot entré dans le dictionnaire) face à l'état islamique. Les « pas d'amalgame » et « Vous n'aurez pas ma haine » me rappellent les pacifistes face à Hitler.

Il semble que j'aie trouvé un vendeur en or avec Vascociné. Hier, à 22h00, je lui ai fait un mail pour m'étonner de ne pas avoir reçu le cd de la musique de « Alien 3 » commandé le 21 avril, et à 22h30, par mail, il me répondait que c'était un retard dû à l'éditeur, La-La Land Records.

L'ennui, c'est que Vascociné propose de jolies choses, rares, en éditions limitées, à un moment où je ne devrai rien dépenser. Mais j'ai serré la vis pendant des mois et ai bien besoin d'un petit plaisir de temps en temps, d'autant que les enregistrements de « Haute Tension » ne me coûtent rien.

Mon crédit immobilier s'arrête le 5 septembre, ce qui va me changer la vie, et ce jour, l'un de mes crédits à la consommation se termine. J'arrête là, je ne vais pas polluer ce *journal* de mes soucis financiers comme le fit pendant des années Renaud Camus avec les siens.

Demain, il y aura un an que Roger Moore nous a quittés, il me semble que c'était hier. Le temps passe à une vitesse folle, et les cinq ans qui me séparent de la retraite ne dureront pas une éternité.

Je pense beaucoup à Pierrot, tombé malade à 72 ans et mort le jour de son 74e anniversaire dans des souffrances terribles.

En regardant chaque soir « L'homme de fer » avec maman (nous attaquons ce soir la septième saison et le 154e épisode), j'ai du mal à réaliser qu'Elizabeth Baur, qui me rappelle assez Muriel Baptiste, et que j'aime depuis 1976, nous a quittés l'an dernier, le 30 septembre.

Ce *journal* devient utile car ma fille me soutenait l'autre jour que nous avions été au chemin de fer de l'Ardèche en 2016 et non, comme je le prétendais en 2015, en se fiant sur l'âge de mon petit fils cadet. Et elle avait raison, ce que j'ai constaté en consultant le *journal* 2016. La photo de mes petits enfants devant le train à vapeur sert de fond d'écran à mon téléphone portable.

Mes petits enfants grandissent, le temps passe comme je l'ai dit, et j'ai peur de l'avenir.

Pascal Sevran est mort depuis dix ans (9 mai 2008) et personne n'a évoqué son souvenir. Je peux le revoir dans ses émissions sur la chaîne Mélody que me propose Numéricable.

Ma correspondante américaine Cindy, avec laquelle j'échange depuis 1978, fête son 61e anniversaire aujourd'hui.

27 mai

En allant chercher le gâteau d'anniversaire de ma mère à la pâtisserie, j'ai appris à la radio la mort de Pierre Bellemare.

Nous avons passé une agréable journée. J'ai apprécié que ma fille sacrifie la fête des mères pour venir à l'anniversaire de la mienne.

Nous avons un peu étouffé dans mon 63 mètres carré bien encombré avec des jeunes enfants plein de vie. Le temps nous a permis de sortir et d'aller voir les canards dans les canaux de Valence derrière chez moi, ainsi que de nous rendre aux jeux d'enfants. Lucas a nettement dépassé l'âge pour s'y rendre mais nous avons fait comme si.

Ma fille arrivée vers midi et repartie vers 17h15.

Ma mère était contente de sa journée, elle a reçu en cadeau de Claire un cd d'André Rieu, et de moi une écharpe multicolore et un châle en dentelle.

30 mai

Mon intestin fait des siennes et ma santé m'inquiète à nouveau. Heureusement, j'arrive à ne pas penser aux pires pathologies. La psychose du cancer ne me hante plus. Je pense que je mange trop vite, sans mâcher, et que cela me cause des problèmes. Je vais m'efforcer de changer ma façon de manger, tout en prenant du charbon végétal. A l'été 2005, le médecin traitant de l'époque voulait me faire passer une coloscopie pour des flatulences. Je me souviens très bien de sa phrase : « Il ne faudrait pas qu'il y ait des polypes qui dans quinze ans donnent un cancer du côlon ».

Plus que jamais, je me rends compte que le plus grand bonheur est la santé. C'est la seule chose essentielle.

L'actualité est bien morose avec un nouvel attentat à Bruxelles. Ville qui n'est pas gâtée deux ans après le terrible attentat du 22 mars 2016.

31 mai

J'ai rêvé de Muriel en Marguerite de Bourgogne, un troisième remake en était réalisé, et une comédienne ressemblant à Muriel et qui avait sa voix jouait le rôle. Dans la fresque historique jouait un ancien salarié de mon entreprise, un contrôleur en retraite, Jean Marie N.

J'ai reçu à midi des photos de Muriel inédites provenant de David. Je vais les mettre sur le blog. Il semble que je vive un véritable retour de flamme pour la femme de ma vie.

Une bonne nouvelle ne vient jamais seule, le psy me donne un traitement qui semble efficace pour le côlon.

2 juin

Impossible de retrouver la date où, me rendant avec Pierre B. à Saint-Priest en Jarez, j'avais eu deux coliques consécutives, qui furent ma dernière alerte santé au niveau du côlon avant les incidents des derniers jours. Il pourrait s'agir du lundi 13 juin 2016, auquel cas on n'en trouve nulle trace ni dans mes *journaux* ni dans ma correspondance avec Philippe.

Cette-fois, il ne s'est pas agi de diarrhées mais de constipation suivi de pets et de douleurs intestinales. Je dois bien l'avouer, si le psy a pu soigner les symptômes, l'inquiétude demeure. Elle a agi sur mon moral. J'ai le sentiment que je « ne vais pas me faire vieux » comme on dit, que je ne verrai pas grandir mes petits enfants. C'est depuis la mort de Pierrot Chambet que je repense au cancer, puisqu'il est mort d'un cancer du rectum diagnostiqué trop tardivement étant soigné pour des hémorroïdes.

Si je ne retrouve pas l'incident de Saint Priest où j'avais bien failli entre la place de garage et les toilettes, à 10h00, puis entre le restaurant et les toilettes à 13h00, me « faire dessus », et n'étais arrivé qu'in-extrémis à la cuvette des WC, c'est bien que je me cache la réalité de cette peur de cancer du côlon.

J'ai décidé de ne pas faire de test ni de coloscopie, je dois donc vivre avec ce qui est peut être une autre pathologie, le côlon irritable. Cela m'empoisonne l'existence.

J'ai choisi de ne pas cacher cette peur, que je n'arrive pas à dominer à la différence de celle du dentiste. Ce n'est pas la peur de la mort, qui arrivera un jour ou l'autre, c'est la peur du cancer, de la souffrance, des traitements inutiles.

Un ancien membre du club « Chapeau melon et bottes de cuir », avec lequel je me suis fâché, m'avait dit qu'au cours d'une banale coloscopie, le chirurgien avait été épouvanté en lui trouvant un polype énorme. Or, il n'avait, à ma différence, aucun symptôme. Le cancer est une fatalité et il faut vivre avec cette peur, qui est plutôt une épée de Damoclès.

J'ai travaillé aujourd'hui sur mon blog Muriel Baptiste, je rédige la période d'août 1973 qui sera en ligne en août 2018. Dans la semaine, je n'ai absolument pas le temps de m'y consacrer. Pas le temps d'écouter mes disques, de regarder mes vidéos, de lire mes livres, rien que le temps de travailler et de vivre dans l'espoir d'une retraite qu'une saleté de maladie risque (mais ce n'est qu'un risque) m'empêcher d'atteindre.

Je me mets à nu dans ce *journal* en parlant de mon angoisse la plus profonde, mais je n'ai guère de mérite : il n'est quasiment lu par personne à part Philippe. Ma mère a des problèmes aux yeux et elle qui aimait le lire n'a pas encore lu *De Muriel Baptiste à Lara Fabian, journal 2017*. Eh puis, à quoi sert un *journal* intime si l'on doit se censurer concernant une peur aussi légitime ?

Depuis le début de l'année, je dis que je risque ne pas la terminer. Il est fort possible que *l'année blanche*, titre prévu pour ce *journal*, ne soit jamais publié.

3 juin

En cherchant dans mes mails avec Philippe la date de mon incident de Saint-Etienne, je suis remonté jusqu'au 28 mai 2016, car il me dit que je lui en ai parlé. En juin 2016, c'est Emmanuelle G. qui a été élue déléguée syndicale suppléante et non Pierre B. ce qui ne me rassure pas, car cela prouve que l'incident est plus récent que je le pensais.

Peut être lors d'une de nos rencontres lui en ais-je parlé de vive voix ?

Hier, j'ai appris que durant mon absence à Paris pour le concert Lara Fabian, du 16 au 18 juin, ce sera l'infirmière qui sera de service et elle couchera ma mère à 16h00. Il n'en est pas question. Je me suis couché hier soir contrarié. Ce matin, la cafetière a fait des siennes alors que je l'ai changée il me semble il n'y a pas longtemps.

Pierre a été élu délégué syndical suppléant après la défection d'Emmanuelle. Tout me porte à croire que mon problème à Saint-Etienne est survenu à l'automne 2017, enfin peu importe.

J'ai fini par retrouver la date, c'était le lundi 18 septembre 2017 à Saint-Priest en Jarez, visiblement, j'ai voulu cacher cela dans mon *journal* à l'époque. 18 septembre 2017, 30 mai 2018, ces problèmes intestinaux sont donc assez rapprochés dans le temps.

La contrariété de ce matin a remis mes intestins en compote, je me suis d'ailleurs levé inhabituellement tôt pour un dimanche, avant 8h00. Et comble de malchance, la cafetière a lâché. Voilà un dimanche qui s'annonce comme un dimanche de merde.

4 juin

Le nouveau voisin hier soir a mis sa chaîne stéréo à fond, ce qui me désespère, après que les précédents perturbateurs aient enfin déménagé. Il a reçu des amies et amis jusqu'à 0h26. J'ai fait un mail au syndic et l'ai appelé au téléphone, il dit qu'il va intervenir. J'ai le moral dans les chaussettes. Les voisins de palier en face de chez moi sont montés lui parler, à deux reprises. J'ai échangé un cheval borgne contre un cheval aveugle avec ce locataire.

9 juin

Mardi 6 juin, le voisin a remis cela à 22h00 et j'ai appelé la police municipale. Depuis je vis dans l'angoisse qu'il recommence, car les policiers municipaux n'ont guère été menaçants. David m'a appelé hier durant trois heures et dit la prochaine fois d'appeler la police nationale bien plus efficace. On a beaucoup parlé de Muriel Baptiste. Dimanche prochain, nous irons à l'ancien hôpital Saint-Antoine, classé monument historique, où Muriel fut hospitalisée en novembre 1979.

J'ai l'impression d'être arrivé à un moment de ma vie où tout ne peut aller que mieux, d'être au fond du trou. La moindre chose me contrarie.

Je passe trop temps sur le forum « Le thé de Betty » au détriment de ce *journal*.

La semaine prochaine, je serai dans le TGV et le soir je verrai enfin ce concert de Lara Fabian réservé depuis un an, et que je regrette presque d'aller voir. La grève SNCF m'a perturbé. Lara n'a pas vendu 10 000 exemplaires de « Camouflage », son album anglais, un pari perdu, mais selon moi, c'était joué d'avance. On ne l'attend pas sur le marché de la variété internationale. « Ma vie dans la tienne », son dernier album en français, s'était écoulé à 100 000 exemplaires.

Ce sera la fête des pères, donc ma fille m'a dit qu'elle venait demain, mais plus de nouvelles.

Les relations sont devenues distantes avec mon psy dont j'ai pourtant bien besoin. Il a été agacé que je le dérange au téléphone et m'a rappelé mardi agacé car sa mère a été opérée. Jeudi, j'ai compris qu'elle était en fin de vie. Il a eu beau me dire « Vous n'y êtes pour rien », je sens qu'il en a marre de moi. Je ne l'appellerai plus à l'avenir.

Cinq ans me séparent de la retraite, et je sens que je ne vais rester dans mon service où l'ambiance devient irrespirable. On veut me changer le travail que je fais. J'ai beaucoup de ressentiments contre le syndicat CGT qui m'a éjecté de mon poste de délégué qui m'assurait une certaine protection.

C'est flagrant avec l'attitude de mes chefs qui a changé du tout au tout depuis que je ne suis plus délégué.

J'ai retrouvé la santé, la peur du cancer du côlon s'éloigne, mais mon avenir m'inquiète. Je ne le vois pas en rose.

Un exemple qui montre que je suis à fleur de peau : j'ai fait un drame par ce que sur le forum de Betty, l'hébergeur d'images ne fonctionnait plus, j'y mets le soir des images de forêts nocturnes, hier ce fut impossible.

Qu'une chose aussi anodine me contrarie montre l'étendue de mon manque de patience.

Je me rends compte que j'ai fait tout un plat pour avoir le film « Le mois le plus beau », et que je ne l'ai que très peu regardé.

Depuis les révélations de David, je n'aime plus Muriel Baptiste comme avant, je pense moins à elle. Pour moi qui suis un passionné, ce serait un comble de mourir d'ennui.

Je n'ai pas de nouvelles passions en réserve. Des CD, il va arriver un jour où j'en aurai 2000. Je ne sais plus où les mettre.

David disait hier être très content de son existence quand il regarde dans le rétroviseur, qu'il a eu la vie dont il rêvait, et je ne peux en dire autant.

Sans atteindre la catastrophe que fut le destin de Muriel Baptiste, j'ai l'impression d'avoir vécu pour rien, d'avoir eu une existence inutile.

Les actualités sont encore centrées sur Johnny Hallyday si vous regardez BFM-TV et consorts, il s'agit maintenant de je ne sais quel évènement avec Laeticia. Entre deux attentats islamiques, on ne sait de quoi parler, on attaque Emmanuel Macron, et la saga judiciaire de Johnny Hallyday le rend aussi présent post-mortem que s'il était vivant. Je ne l'ai jamais aimé. Maintenant, il me devient insupportable.

Le mondial va commencer, il m'indiffère, on parle du sommet du G7, et de plusieurs faits divers. J'ai vraiment du mal à m'intéresser à l'actualité, à vivre dans mon époque.

Un collègue de travail hier me vantait une série, « Breaking bad », et je vois sur Internet que l'histoire d'un chimiste devenu baron de la drogue est considérée par beaucoup comme la meilleure série de tous les temps.

Evidemment, ce collègue n'a pas trente ans, il ne connaît pas John Steed, Lord Sinclair ou David Vincent, et trouverait cela ringard.

Nous avons les séries que le public de l'époque mérite. Si je parlais à ce collègue de Muriel Baptiste, il me prendrait pour un fou.

Je ne vis pas seulement dans un monde sans Muriel, mais aussi dans une époque de m....

10 juin

Fête des pères par anticipation, mes petits enfants étaient fatigués, je n'en dirai pas plus. Hier soir, jusqu'à deux heures du matin, une discussion avec ma mère sur mes finances qui m'avait déjà mis le moral à zéro, elle estime que je ne pourrai pas reconstituer mon épargne car une fois disparue, je devrais assumer les frais de bouche qu'elle paie actuellement.

Je n'ai pas envie d'en dire davantage.

11 juin

Journée morose. J'ai beaucoup pensé à ma fille et mes petits fils. A l'impossibilité d'avoir un dialogue avec elle. Charlélie Couture chantait autrefois : « Les choses s'arrangent toujours, même mal ».

15 juin

Le décodeur numéricable est HS. Si mardi prochain, le technicien ne vient qu'avec un décodeur HDMI, j'en serai quitte pour changer de télévision, et financièrement ce n'est pas le moment.

Paris, 16 juin

Me voilà parti pour le concert de Lara Fabian au Zénith, à la Villette.

Le voyage se passe plutôt mal, je suis assis à côté d'une grincheuse qui n'arrête pas de se lever. Que n'a-t-elle pris une place côté couloir ?

David m'attend au dépose minute de la gare de Lyon. Halle 3 , halle 2, on se court après avec le téléphone portable, sans cet appareil, on ne se serait pas trouvés.

Il m'entraîne dans un périple Muriel : 24 rue Pigalle où elle habitait jusqu'en 1982, 12 rue Pierre Budin où elle est morte en 1995, et nous allons 11 rue de la Boétie, où se trouvait l'agent de l'actrice, Cinéarte. Il l'y accompagnait, mais il n'y avait jamais de rôles pour elle. En 1979, elle y croyait encore, avant que la maladie lui fasse perdre tout espoir en 1981 en prenant trente kilos.

Aujourd'hui, c'est une boutique fermée, et l'endroit est peu reluisant.

Nous perdons trop de temps et il n'est plus possible comme le voulait David d'aller au cimetière de Pantin, qui ferme à 18h00, nous réservons cela pour le lendemain, couplant la chose avec l'hôpital Saint-Louis, l'ancien, où Muriel fut hospitalisée en novembre 1979 et qui est classé monument historique.

David m'emmène boire un café chez lui et manger quelques madeleines avant le concert de Lara Fabian au Zénith. Son épouse est sur la route et va arriver, je ferai sa connaissance demain, puisqu'elle a voulu m'inviter. Il me dit qu'il ne faut pas traîner à cause de la circulation sur le périphérique.

Je ne sais plus à quel moment David m'a laissé déposer mon bagage à l'hôtel où le personnel s'est révélé exécrable. Aimables comme des portes de prison.

Programmé à 20h00, le concert a commencé à 20h07, et je suis arrivé juste à temps.

C'est un concert de fan, et non d'un public familial, la totalité de l'album « Camouflage » est chanté, soit 12 titres, alors que ce disque n'a pas marché.

Nous avons droit à un hommage à Maurane, mais Lara n'en fait pas trop dans l'émotion, et curieusement c'est en chantant « Je suis malade » qu'elle semble bouleversée. L'idée m'a traversé l'esprit un instant qu'elle était vraiment malade, car elle a manifesté une émotion inhabituelle.

Des chansons en anglais inconnues, succèdent à « Je t'aime », « Humana », « Adagio » qui clôt le concert. Elle interprète un titre écrit à 21 ans, tiré de l'album « Carpe Diem », « Pas sans toi », que tous les fans semblent connaître. Je ne l'apprécie que depuis 2015 et son album « Ma vie dans la tienne », et ne connais pas ce titre.

J'ai pu me procurer le vinyle collector tiré à 1000 exemplaires de « Camouflage », vendu uniquement à l'occasion de cette date de concert.

En sortant du concert, je dois retraverser le canal de l'Ourcq, mais me trompe de direction pour rejoindre mon hôtel. Si des passants acceptent de me renseigner, et tandis que David m'a fait un plan sur Internet, je me perds.

Je vois une enseigne rouge lumineuse, mais ce n'est pas mon hôtel Ibis de la Villette, qui d'ailleurs s'avérera peu visible de loin, se trouvant dans une courbe.

Finalement, je trouve la bonne direction, mais dans une rue solitaire, où il n'y a pas une âme, et avec ma carte bancaire et mon porte monnaie, je suis la proie idéale si quelque racaille traîne dans le coin.

Je n'en mène pas large. Je finis par arriver à l'hôtel Ibis, et me heurte à un employé qui croit que je me moque de lui quand je lui demande si je suis bien arrivé à destination. « C'est une histoire belge ? » rage-t-il quand je lui montre mon badge.

Je lui explique que ce n'est pas une plaisanterie, j'ai été au Zénith, ne suis pas parisien et me suis perdu.

Je n'aurais pas dû venir. Vouloir malgré les grèves venir à Paris et risquer de ne pas avoir mon train de retour ressemble à un caprice de gosse.

J'appelle Philippe, c'était convenu entre nous, mais s'il est bien gentil de me répondre et me permettre de me détendre un peu, tout se bouscule dans ma tête : Muriel Baptiste, Lara Fabian, le décodeur Numéricable, les ennuis passés. Notre conversation est interrompue car la batterie de son téléphone est à plat. Je suis en plein désarroi. Depuis quelque temps, j'accumule les ennuis, plus ou moins graves, au point que si je racontais tout cela, on ne me croirait pas.

Je stresse, comme lors de la sortie du concert de Lara Fabian, mais il n'arrive jamais rien, je n'ai pas été agressé. J'ai eu des douleurs abdominales, enfin des choses de ce genre, et du simple Poly-Karaya, médicament en vente libre, m'a guéri alors que je pensais que cette fois le cancer du côlon se déclenchait.

J'aurais passé une vie à stresser et à ne pas apprécier les joies de l'existence. Même le concert de Lara ne m'a pas apaisé. Je m'endors très tard.

Paris, 17 juin

David m'emmène au cimetière et me laisse me recueillir un long moment seul à seul avec Muriel.

Je comprends que je l'aime toujours, que jamais personne ne me consolera, qu'elle est irremplaçable. Je lui enverrai des fleurs pour le 11 juillet, David les prendra pour moi, il me dit qu'à Pantin, c'est plus cher.

Le 11 juillet 2018, Muriel Baptiste aurait eu 75 ans, elle n'a dépassé que de deux mois son 52e anniversaire qu'elle n'a sans doute pas fêté.

Puis nous allons à l'ancien hôpital Saint-Louis. Nous avons la chance de voir des endroits où Muriel a vécu, sa chambre, celle où elle a été hospitalisée le 7 novembre 1979, existe toujours.

Je veux prendre des photos, mais la batterie de mon appareil n'est pas chargée, heureusement, David a le sien.

Les endroits les plus intéressants en rapport avec Muriel sont le quadrilatère, puisque se trouvent encore les bancs où Muriel s'asseyait, et que sa chambre donnait sur cette vue magnifique.

Nous passons tellement de temps que nous sautons le casse-croûte de midi et mangerons à la cafétéria du nouvel hôpital un goûter sucré (ils n'ont rien de salé).

Cette visite, et pas seulement par rapport à Muriel, perturbe fortement David qui revoit l'atelier qu'il a quitté en 1984, la chambre où il a rencontré Muriel en 1979, il me dit que cet endroit désert était très animé autrefois.

Si j'avoue être content d'être dans des endroits où Muriel a vécu, m'asseoir où elle s'est assise, marcher sur ses pas, je ne ressens pas sa présence comme dans les années 2000.

J'en suis très malheureux car je sais ce que cela signifie. J'ai longtemps cru la rejoindre au paradis ou au purgatoire, et pense aujourd'hui que seul le néant m'attend, il n'y a rien de plus désespérant.

Après cette visite, nous devions retourner au cimetière, enfin c'est David qui le souhaitait, mais il n'a pas regardé sa montre et il est fermé.

J'étais invité chez lui où sa femme a préparé un repas, je lui ai apporté sur clé USB un feuilleton d'autrefois, « Ton amour et ma jeunesse », dans lequel Muriel ne joue pas, ceux de Muriel, je les lui ai tous copié, les films, les feuilletons, les téléfilms, la seule pièce de théâtre qui a été filmée, les émissions comme « Tilt » ou la promotion du film « Le mois le plus beau ».

Nous avons toutes les images qu'elle a fixées sur la pellicule, et qui la rendent immortelle. La seule différence, c'est qu'il a vécu avec la femme, Yvette, et que moi je n'ai aimé qu'une actrice découverte à l'âge de sept ans sur le petit écran et jamais oubliée.

Paris, 18 juin

Moment très délicat. Au moment de me déposer à la gare de Lyon, David craque et se met à pleurer. Il me dit que ce n'est pas seulement à cause de Muriel alias Yvette, mais aussi de sa jeunesse. Il avait 19 ans en 1979 et pensait que seuls les bâtiments classés historiques de l'hôpital Saint-Louis avaient été conservés, or tout est comme il y a quarante ans, sauf que nous étions seuls, deux personnes à marcher là où tant d'autres s'animaient autrefois (dont la précieuse Muriel).

Je ne sais quoi lui dire. C'est une situation difficile.

Le retour en TGV me semble une éternité.

Voilà, les plus belles pages de 2018 sont écrites, que peut-il m'arriver d'autre à présent ?

Depuis 2006, je vais chaque année à Pantin sur la tombe de Muriel, sauf l'an dernier où à la place je me suis rendu à Brioude sur les lieux de tournage de « La Princesse du rail », le feuilleton qui a fait que pour moi tout a commencé à l'âge de sept ans et suis tombé éperdument amoureux d'elle pour la vie.

L'an prochain, David et son épouse me conseillent de prendre une chambre à l'hôtel Ibis de Pantin proche du cimetière (et de chez eux).

L'an prochain, serais-je encore là ? J'ai ancré au fond de moi que mes intestins ne vont pas éternellement me laisser tranquille.

Toutes les Lara Fabian de la Terre ne remplaceront pas l'unique, l'irremplaçable Muriel Baptiste qu'en 2018, tout le monde a oublié à part David et moi.

Hier, David m'a dit qu'il m'a maintenant tout montré, tous les endroits qu'il a partagés avec Muriel. Enfin lui se force toujours à dire « Muriel » car pour lui c'est Yvette.

J'ai décidé d'appeler ce *journal* « L'année blanche », l'année inintéressante. Je changerai peut être le titre en fin d'année, on verra, selon les évènements.

Franchement, ma vie ne ressemble à rien, à attendre les mois de juillet pour aller à Pantin fleurir la tombe d'une actrice morte, que je regarde à la télévision chaque dimanche soir grâce à ses DVD.

En 2007, en 2008, en 2009, je ressentais en moi une chaleur qui est partie, la présence de Muriel, la certitude que ce qu'a écrit le comédien André Falcon dans mon premier livre sur elle, « Qu'elle vous protège du haut du ciel pour tant d'amour », se réalise.

Mais Muriel ne me protège plus. Parce-que nous n'avons qu'une vie, même si j'aimerais tant le contraire.

Sur ce sujet, au moindre signe, je change d'avis, il est tellement agréable de penser que je vais retrouver la princesse du rail, Marguerite de Bourgogne dans l'après vie.

A 00h59, sur Facebook, voici le billet de Charlélie Couture, savoureux comme toujours. Je n'en ai pris connaissance que le lendemain 19 juin, mais le remet à sa place dans la chronologie.

« Alors voilà ! » comme disent les sportifs à la fin de chaque phrase en interview… Je suis en retard, mon téléphone est vide (donc plus de GPS). À l'ancienne, naïvement, je m'arrête pour demander mon chemin à un facteur en train de mettre des lettres dans les boîtes:
- Pardon monsieur, excusez-moi, est-ce que vous savez où se trouve le Mercure à côté de la Mairie?
Il ne tourne même pas la tête. Je reprends un peu plus fort, pensant qu'il ne m'a pas entendu.
- Pardon monsieur, je cherche l'hôtel Mercure…
Et là, ce connard sans lever le menton, me lance avec insistance tout en continuant de faire ce qu'il avait à faire…
- Bonjour !
Ah oui, mince, oups, j'ai oublié le « bon-jour ». J'ai dit « Pardon, excusez-moi » mais pas « Bonjour ». Aujourd'hui, si tu fais, ça t'es mort ! Les crétins se sont mis d'accord pour t'apprendre la putain de politesse, à toi qui n'es qu'une espèce de mal-élevé qui dit « Pardon, monsieur, excusez-moi», mais qui omet le « Bonjour ».
- En plus, on doit dire : « veuillez m'excuser » ...

Et faire des baisemains sans toucher la peau, tant qu't'y es. Ça va j'ai compris : on doit ceci, on doit cela, au doigt et à l'œil. Non mais pitié... Ont-ils appris ça dans des stages de formation DRH? On leur a demandé d'accueillir les clients avec plus de civilités, ça les a énervés alors ils se vengent sur ta pomme. Ce « bonjour » n'a même pas besoin d'être sincère, non il est juste obligatoire. Simulacre de respect d'autrui. Pseudo éducation civique à la petite semaine, quelle hypocrisie ! En fait le but c'est de créer une distance, une neutralité, te faire bien comprendre qu'on ne se connaît pas toi et moi. Et ne t'avise pas de demander un renseignement à un flic ou à quiconque sans ce satané « bonjour » chantant ! Si tu oses poser ta question au guichet dans une administration sans dire « bonjour », alors, en retour de kick, ça va mal se passer, le gars ou la garce va considérer ta question comme une offense, un dérangement.
- Allez ça va, arrête ton cinéma... En plus tu sais même pas où il est le Mercure...
- Monsieur, je ne vous tutoie pas alors ne me tutoyez pas...
- Oké oké
Les gens font des manières et des simagrées pour du duvet, mais ils se drapent sous une cape d'humiliation, en jouant les offusqués si une seule plume de leur toupet se trouve de traviole. Au mieux ils établissent instantanément un rapport de force, au pire ils se détestent les uns les autres, par principe.
On vit dans un monde habité par des gens chatouilleux / susceptibles comme des cerises trop mûres qui tombent de l'arbre au premier mouvement de la branche. Entre eux, ils se balancent des "fils de P..., va te faire E..." mais, fragiles comme des brins d'herbe, si c'est toi qui t'adresses à eux sans mettre le bon timbre de voix sur l'enveloppe, ils se vexent. Pourtant, dans un autre contexte, écoute les parler de foot, et d'une violence et d'une connerie extrême, tu verras resurgir le coté noir de la Force. Ah le foot bien sûr... Bonjour le foot... Il paraît qu'il vaut mieux éviter le sujet en

ce moment... Mais bon, ça c'est une autre histoire…
D'abord tout ça ne serait pas arrivé si, au départ, mon
téléphone portable n'avait pas été déchargé…

Tiens, à propos d'autre histoire et de téléphone : on était en
concert à Saint-Chamond, près de Saint-Etienne, vendredi
soir. Un bon gros show, bien rock, bien blues, bien cajun,
bien carré cadré. Plaisir de retrouver la setlist de la tournée
Lafayette. On était bien ensemble. Après le débrief', le
temps de me changer et je suis monté assez vite dans la
navette qui nous ramenait à l'hôtel.

Fatigué. HS. À peine sur le lit, je me suis endormi. Soudain,
mal au dos, je me réveille, vers 3 heures. Je vais à la SDB.
J'allume en regardant dans la cuvette d'un œil distrait ce
que je suis en train de faire debout; et là, mince, je
m'inquiète de la couleur, et je me dis que si ça se trouve, je
suis à nouveau en train de me faire un calcul… Sueur
froide en anticipation, crainte d'une nouvelle crise de
colique néphrétique. Je veux regarder des infos-santé sur
mon celphone, mais… Où est-il ? Je fouille toutes mes
poches. Impossible de remettre la main dessus. Rien.

Plus de téléphone, mince. Comment ai-je pu l'oublier ? Je
commence à paniquer comme un dopé en manque. J'y ai
mon billet de train, des adresses de rendez-vous… et puis
tout quoi… une partie de ma vie, photos, adresses, des
musiques, des réponses à envoyer, etc.

En fait, ça y est, je me souviens de l'avoir branché à côté
du frigo dans ma loge; si ça se trouve il y est encore. Je
tente d'appeler la réception, ça ne répond pas. J'essaie
d'appeler quelqu'un qui pourrait appeler quelqu'un capable
de m'aider, mais impossible, ma ligne n'a pas été ouverte !
Me voilà seul. Archi seul. Je sors dehors. Pas un bruit.
Normal, à 4 heures, tout le monde dort. Je rentre en moi-
même comme sur une île. Robinson dans ma chambre.
Isolé. En pleine nuit. Coupé du monde.

À peine dormi quelques heures. J'ai laissé les rideaux
ouverts. Le soleil me jette hors du lit. 7 heures. Dire que je
craignais de me réveiller trop tard. Et rater le « rider » qui

doit nous amener à la gare…

Je suis le premier au petit déj', dans l'espoir de tomber sur un membre de notre équipe qui pourrait me prêter le sien afin d'alerter le régisseur ou le chef de plateau, ou les organisateurs de la veille…

Le gars de la réception était emmerdé, lui qui était venu au concert, et qui me dit :

- Excusez nous, m'sieur, mais plus personne n'utilise les téléphones dans les chambres, alors, si on veut le faire, il faut nous le dire à l'avance…

-C'est ça oui !Sauf que je ne peux pas savoir que je vais oublier le mien...

Bon, bref, j'ai récupéré mon phone, et j'ai poussé un ouf de ouf ! Un seul être vous manque et tout est dépeuplé…

Le téléphone est devenu un organe vital qu'on tient désormais à la main…

Bonjour, allo...

Alors voilà…

CharlElie

Juin 2018

Valence, 19 juin

Deux incapables sont venus de la part de Numéricable, les mains dans les poches, sans apporter de décodeur. Ils ont pris la poudre d'escampette sans traiter l'incident. J'ai appelé Numéricable pour tout relater. C'est du grand n'importe quoi. J'ai un nouveau rendez vous le 21, si je n'obtiens pas satisfaction, je résilie mon abonnement.

Je constate chez moi une perte de l'espérance. Je n'attends plus rien. Dans la vie, pour aller de l'avant, il faut quand même se préoccuper du lendemain. Faire des projets.

La situation dans laquelle je me trouve relève de l'absurde, car objectivement, n'étant pas malade, je ne devrais pas me plaindre. Je vis pour survivre, mais sans aucun objectif.

Des gens ont tout perdu récemment lors d'inondations, je ne peux quand même pas crier à la révolte parce que je n'ai plus la télévision, d'ailleurs des tas de gens choisissent volontairement et sans aucun regret de ne plus l'avoir.

Si je dis que je suis malheureux à cause d'une actrice morte depuis 1995, je passe aux yeux du plus grand nombre pour un illuminé.

J'ai l'impression de m'être perdu dans un labyrinthe. Ma vie est comme un palais des glaces de foire. J'avance devant des miroirs qui ne sont que des couloirs d'illusion. Dehors, la vie continue et se passe très bien de moi. Le monde tourne sans Muriel qui est morte et sans moi qui suis vivant.

Mon humeur est exécrable et je vois tout en noir. C'est dû je pense au stress et à un manque de sommeil. Les relations avec ma mère sont à l'orage.

Je ne sais trop ce qui se passe dans l'actualité, j'ai fui le réseau social Facebook. Internet ne m'intéresse plus, alors que j'y étais littéralement accroc. J'allais sur un forum, « Le tchat de Betty », essentiellement féminin, mais même là, je joue les déserteurs.

L'actualité que je peux recevoir sur Internet, par le biais de Yahoo, est creuse, il ne se passe rien : Le Mondial, la grève SNCF.

J'espérais remplir de pages passionnantes mon périple à Paris Lara Fabian-Muriel Baptiste, mais que dire de plus ? Je vais à présent m'enfermer chez moi, ne voir personne, et par conséquent ne disposer de rien pour alimenter ce livre.

20 juin

David me téléphone car le numéro que je lui ai donné pour joindre Khadija Delberghe serait celui d'une société de je ne sais quoi. Il aurait pu regarder dans les pages blanches. Je lui donne le numéro. J'ai effectivement mal enregistré le numéro sur mon portable.

Il va la contacter et essayer d'obtenir un rendez-vous avec la veuve Delberghe, il veut savoir dans quel état était Muriel quand Charles l'a rencontrée, et comment elle est morte. Il veut aussi l'emmener à Pantin, à la direction afin de voir si un arrangement est possible pour qu'il devienne ayant droit.

J'ai découvert sur Internet que la direction de Pantin ne fait pas de cadeaux.

http://www.kountrass.com/se-passe-realite-cimetiere-de-pantin/

Il y est question d'une dame de 86 ans à laquelle on refuse de renouveler la concession décennale « pour faire de la place ». L'article est récent (16 janvier 2018) et signé par un certain Rav Henri Kahn.

Je pense que David fera tout ce qu'il pourra pour éviter cela.

Voici l'article :

Une dame de 86 ans, de la région parisienne, nous informe de ce qui se passe avec elle, face à la direction du cimetière de Pantin.

Elle a enterré sa mère en 1976. Son frère s'est alors occupé de la chose, sans comprendre que le contrat de location de la tombe prenait fin en 2006 !

Le 3 mars 2006 : lettre de la Mairie de Paris, « Si aucun ayant droit ne s'est manifesté pour le renouvellement de la concession… »

Avril 2006 : Je voulais renouveler la concession, on me répond que j'avais jusqu'en 2008 pour la régler.

Le 4 avril 2008 : J'ai reçu de la Mairie de Paris le « titre de concession de terrain renouvellement décennale ».

Le 23 avril 2008 : Je n'avais le droit de régler le loyer que tous les 10 ans (2006 à 2016) que j'ai réglés.

Enfin en 2016 : Je voulais régler les 10 ans, on me répond que la loi a changé, je n'ai plus le droit au « renouvellement décennale » et qu'ils allaient la « déloger ». Reprendre tout à zéro, comme si c'était un enterrement, la mettre ailleurs, pour refaire une concession de 30 ans. N'est-il pas plus facile de la laisser à sa place et percevoir la nouvelle concession de 30 ans.

C'est incompréhensible de m'imposer cette épreuve à moi âgée et malade. Je suis sa fille et à ce titre ayant-droit, j'ai tout réglé lors de son décès et continue à payer son loyer.

Que l'on me permette, au moins, de continuer à payer tous les 10 ans.

La machine administrative suit son chemin, et sait vers quoi elle veut arriver : déloger (quel terme délicat) autant de tombes que l'on peut, pour faire place aux suivants, place aux « jeunes »... Même si cela se fait au détriment de tels vieilles gens, qui pleurent face au désastre.

Voilà qui n'est guère réjouissant. J'ai mis l'article sur mon blog, où il aura plus de visibilité, avec un titre volontairement alarmiste : « Muriel va-t-elle se retrouver à la fosse commune face à l'inhumanité de l'administration de Pantin ? ».

Il est vrai qu'il n'y a rien à espérer du maire de Paris, dont dépend ce cimetière réservé aux parisiens ? Depuis des années, David me répète que le cimetière parisien de Pantin dépend du maire de Paris, alors qu'il existe un cimetière « local » pour les habitants de Pantin.

Je pense qu'il est plus doué que moi pour convaincre Khadija de lui faire une cession ou quelque document si c'est du domaine du possible.

Avec David, nous avons eu un bref échange sur « l'argent fait-il le bonheur ? » face à mes ennuis actuels dont il pense (la providence l'entende !) qu'ils vont s'arrêter. Il a convenu que penser sans arrêt à Muriel ne m'arrange pas le moral.

Alors que je ne suis plus délégué syndical, j'ai été dérangé encore aujourd'hui (deuxième fois durant mes vacances) par un administrateur CGT. Quand ces gens vont-ils comprendre qu'il faut me laisser en paix ? Faudra-t-il que je rende ma carte ?

J'ai l'impression de vivre la même décadence concernant ce *journal* que Renaud Camus qui a été chassé de Fayard pour avoir appelé à voter Marine Le Pen en 2012 et continue à écrire en faisant payer quelques péquins sur son site Internet. Je n'en fais pas partie.

Philippe m'a dit que j'avais d'autres passions à part Muriel, ce qui est objectivement vrai, mais en ce moment, rien ne m'intéresse. Je me désespérais de ne plus aimer Muriel Baptiste comme avant 2015, et cet amour est revenu. En m'asseyant sur son banc au quadrilatère de l'ancien hôpital Saint-Louis, j'aurais tant aimé ressentir quelque réconfort, quelque signe. Mais non, le néant absolu.

Ma mère pense que j'ai pu (je ne sais pourquoi) contrarier l'âme de Muriel qui aurait du ressentiment contre moi, mais je ne crois guère à cette hypothèse. J'ai rêvé cette nuit d'une ancienne collègue de travail à présent en retraite, Michèle P. qui par certains côtés ressemble à Muriel. Dans mon malheur, je suis content d'avoir retrouvé cet amour qui s'effritait. La visite à Paris sur la tombe, et surtout celle de l'hôpital, ont revigoré ma passion. C'est la seule chose positive que je vois dans mon horizon actuel.

Sans doute un signe viendra au moment où je ne m'y attendrai pas, comme ces coups de téléphone perturbants de la CGT ?

Quant à Lara Fabian, pour changer de sujet, la contrariété de ne pas savoir si j'aurais un train pour rentrer m'aura en partie gâché le plaisir. Si c'était à refaire, je m'abstiendrai. L'hôpital et la tombe auraient pu faire l'objet d'une autre date de séjour parisien hors grèves. Bien sûr, pour l'hôpital, je ne pouvais rien deviner, et la disponibilité de David (parfois en vacances en Bretagne) était indispensable.

J'ai du mal à me projeter dans l'avenir au prochain concert de Lara, s'il y en a un. La liste des chansons du concert est parue hier sur son groupe Facebook, mais je ne la retranscrirai pas ici, trop fastidieux.

Quelque chose m'inquiète, je suis mieux lorsque je dors que lorsque je me réveille. La dépression nerveuse couve.

21 juin

Je reçois un mail de David. Khadija n'a pas répondu au téléphone, il a laissé un message avec son numéro de portable, me disant « la balle est dans son camp ». L'affaire se présente mal. Elle n'a déjà pas voulu me recevoir le dernier week-end.

Si elle persiste dans cette attitude, Muriel et son mari iront à la fosse commune. Je suis sûr que David ne rappellera pas. Il m'a dit qu'il fallait ménager Khadija. En la pressant, on ne peut obtenir qu'une fin de non recevoir de sa part.

Je pense qu'il n'a pas tort.

Le technicien de Numéricable est venu remettre les choses en ordre, après presque une semaine sans télévision.

La canicule commence. 32 degrés.

Je suis content que la télévision fonctionne à nouveau. A part cela, je n'ai envie de rien.

25 juin

Le médicament donné par le psy le 21 juin produit des effets indésirables sur le transit et m'ensuque complètement. Il m'a mis une semaine en arrêt de travail. Je me demande si son antidépresseur remède n'est pas pire que le mal. Par sa secrétaire, j'ai prévenu mon psy des effets indésirables. Il m'a rappelé cet après-midi, le médicament n'était pas indispensable, on va l'arrêter en douceur, brutalement ce n'est pas possible.

David sera reçu par Khadija demain à 11h du matin pour prendre le café. David espère des révélations sur Muriel.

J'ai terriblement peur de l'avenir. J'ai le sentiment de ne pouvoir compter sur personne en dehors de ma mère qui n'est pas éternelle. Contactée, ma fille est aux abonnés absents. Pas de commentaires. En fait, c'est toujours la même chose avec elle, quand je crois qu'elle m'ignore, elle m'envoie un gentil mot, elle croule sous le travail, mais à chaque fois je crois l'avoir perdue.

Cette nuit, je me suis réveillé à 4h00 du matin, et j'ai dû rendormir vers 7h00 jusqu'à 11h00. Je suis déphasé. Je persiste à n'avoir envie de rien.

J'ai regardé des téléfilms à suspense sur le site de l'INA, mais aucun n'était passionnant.

26 juin

Appel téléphonique de 5h43 ou 5h53 avec David qui le matin à 11h00 a rencontré Khadija.

Elle lui a raconté comment elle avait rencontré Charles en 1997, dans un TGV, il était face à elle, elle lui a demandé « J'ai du noir sur le nez ? ». Il a répondu « Vous avez des yeux de braise ».

Il était militaire en retraite, et le père de Khadija adjudant chef. Elle était sans papiers. Il lui a proposé de l'aider à en avoir, mais à dû l'épouser. Un mariage blanc.

David a demandé comment Charles avait rencontré Muriel, dans un squat qui faisait aussi hôtel restaurant où elle vivait en groupe avec des artistes fauchés. Il lui a proposé de l'héberger (relation platonique aussi).

Elle l'a suivie, mais Khadija ne sait pas en quelle année, elle parle des années 80, ne sait plus où était l'hôtel (dont Annie Sinigalia m'avait parlé en 2006 lors de notre premier entretien). Nous ne saurons jamais en quelle année, mais nous en savons déjà trop.

David a demandé comment est morte Muriel. « Du foie », a répondu Khadija. Elle s'est mise à boire comme un trou à la mort de son frère Jérôme (13 octobre 1991), toxicomane décédé du sida. Elle avait tenté de se rapprocher de sa mère qui l'a rejetée, comme à sa naissance. Charles a fini par avoir des ennuis, Muriel hurlait, les voisins se sont plaints.

A la fin, elle ne voyait plus, ne se levait plus. Khadija ne savait pas qu'on avait retrouvée Muriel quatre jours après son décès, David ne le lui a pas dit.

Elle ignorait que Muriel était morte dans l'appartement.

Nous n'en saurons pas plus, mais je ne veux pas en savoir davantage. J'en sais déjà trop, quelle fin sordide !

Par la suite, j'ai eu le tort de me confier à David sur ma situation personnelle, et il m'a fait sans le vouloir des réflexions maladroites.

Cette conversation, et le sort tragique de Muriel, m'ont perturbé.

Je connais maintenant sa courte existence de A à Z, j'ai voulu savoir, j'ai su. Je ne veux pas en savoir plus. On se doute que cela n'a pas arrangé mon moral.

David m'a dit « C'est sa mère et son frère qui ont tué Muriel ».

J'en dirai plus dans mon journal de demain (en fait j'écris cela le 27 car avec la conversation a duré six heures et je n'ai pas eu le temps d'écrire, ni le goût).

27 juin

Je me demande si dans l'état dépressif où je suis, je ne devrais pas faire un « break » avec Muriel Baptiste. Elle me détruit.

J'ai appris trop de choses hier, des choses traumatisantes. Khadija n'a jamais vu Muriel, c'est David qui lui a montré des photos. Ils vont se revoir. En 2010, quand je lui ai rendu visite, elle n'avait pas daigné éteindre sa télé, ce que j'ai trouvé impoli, et surtout pas proposé de rester en contact.

David va lui changer son ballon d'eau chaude et une prise électrique. Il dit que l'appartement, bien que rénové par Khadija après le décès de Charles, est dans un état déplorable, insalubre, il y a des moisissures.

Il n'a pas parlé du renouvellement de la concession. Seront-nous là tous les trois encore en 2025 ? C'est la réflexion de Khadija, qu'elle a faite à son sujet et à celui de David, elle n'a pas parlé de moi, je m'ajoute sur la liste.

J'ai eu ma fille hier soir au téléphone à plus de 23h00, ce qui est rare, elle ne sait pas ce qu'elle veut pour son anniversaire. Je suis préoccupé par l'attitude parfois violente de mon deuxième petit fils Lohan.

David doit me rappeler vendredi, je lui dirai que désormais, on ne parle que de Muriel et plus de moi. Il m'a donné des conseils pour trouver une compagne qui sont illusoires.

Il a critiqué mon rasage, ma coiffure, mes chaussures, mon jean, mon T shirt.

Selon lui, il faut porter des pantalons en tergal, avoir des souliers bien cirés, surtout pas des baskets, être rasé de près.

Mon moral est assez bas sans qu'il soit besoin qu'il en rajoute d'autant que ses conseils je pense ne sont pas pertinents.

Résumer une conversation de six heures sur ce *journal* relève de l'impossible. J'ai sans doute oublié des tas de choses, mais pas concernant Muriel, dont finalement il a peu parlé, l'ayant énormément fait concernant Khadija, l'appartement, et mon look.

Je le répète encore : j'ai peur de l'avenir, de la mort, de la solitude, de la vieillesse.

Je pensais retrouver Muriel Baptiste me tendant les bras au Paradis sur Terre, dans un champ, en tenue d'Annuciata la princesse du rail et vivre l'éternité avec elle.

Or, j'apprends des choses horribles, comme sa fin, son foie qui explose. Khadija dit qu'il était noir, d'après Charles, et elle-même (ou David je ne sais plus, peu importe). David dit avoir déjà vu cela.

Actuellement, si j'apprécie le coup de téléphone de ma fille, un signe de Muriel me sauverait, mais ce signe n'arrive pas.

Qu'attends-tu Muriel, Yvette, si tu es quelque part, pour venir me secourir ? Je ne peux me résoudre à croire que tu sois dans le néant.

J'ai tenté de renouer hier mes relations avec Cindy. Contre toute attente, elle m'a répondu. Elle doit subir une opération du genou, on va lui remplacer son genou rongé par l'arthrite par une prothèse.

Mais elle me dit toujours penser à moi, ce qui m'a réconforté.

Avec elle, nous n'avions pas des sujets mortifères mais vivants à aborder, hélas tout ce qui concerne Muriel est mortifère.

Cindy voulait que j'aille vivre au Texas au début des années 80 et que je l'épouse. Elle n'est jamais venue en France. J'avais économisé de l'argent en 2000 et lui avais proposé de lui payer le voyage en 2001. Elle m'avait dit « Sûr pour 2002 ». J'attends encore.

Avec Cindy, à partir de 2002, notre correspondance amicale et amoureuse avait pris un tournant sexuel, chose que je n'aborde jamais dans le *journal*.

Mais le sexe est la vie, tandis que Muriel symbolise la mort.

Cindy, depuis 1989, fan de James Bond comme moi, m'envoyait des aventures imaginaires de l'agent secret de Sa Majesté 007. Ses histoires étaient longues et bien écrites, et comme elle travaillait dans une imprimerie, elle pouvait expédier un objet ressemblant à un vrai livre.

A partir de 2002, nous avons échangé des histoires coquines, moi dans un très mauvais anglais, n'ayant jamais été doué dans cette langue, elle des récits plus longs, calqués sur ses « James Bond ».

Dans ces récits, nous nous rencontrions et faisions l'amour.

Correspondant avec elle depuis 1978, ce qui est un record, je ne lui ai jamais dit avoir été marié en 1987 et avoir eu un enfant, par peur de briser cette amitié amoureuse virtuelle. Mais en 2009, j'ai rencontré Isabelle T. qui fut ma maîtresse et qui surprit notre correspondance. Elle a alors tout détruit, et Cindy pendant longtemps ne m'a pas pardonné disant que je lui avais brisé le cœur. Piratant mon compte Internet, je ne sais ce qu'Isabelle a pu lui raconter. J'ai dit à Cindy que j'avais été marié, puis avait en 2009 rencontré Isabelle T. et depuis plus rien n'est comme avant.

De plus, alors que je croyais que les américains étaient protestants, Cindy s'est convertie au catholicisme et a lorsqu'elle a accepté de reprendre une vague correspondance avec moi, elle était fortement imprégnée par les tabous de l'église catholique sur le sexe.

Avec Muriel Baptiste, mon grand amour depuis l'âge de sept ans, les choses sont plus simples, il n'est pas question de sexe. C'est la passion amoureuse (qui me détruit actuellement) mais la retrouver dans une autre vie, la serrer enfin dans mes bras, était tout ce que je souhaitais.

L'amour devient compliqué dès que la sexualité s'en mêle. Dans ma vie, j'ai toujours séparé les deux choses comme deux entités bien distinctes : l'amour avec un grand A, soit Muriel, et le sexe, un besoin naturel que mon corps réclame et auquel je ne peux échapper.

Mais si j'avais épousé Cindy, je crois que j'aurais fini par l'aimer, même si ce n'est pas une beauté. Elle a une gentillesse rivée au corps qui fait qu'on ne peut que l'aimer. Elle n'a pas le physique de Muriel (encore que je n'ai pas vu Muriel alcoolique à 52 ans), mais il se dégage d'elle une bonté, une générosité qui comblent bien des choses.

Cindy n'a pas voulu venir en France, quand je lui ai proposé de l'épouser, elle m'a répondu « America has so much to offer » (l'Amérique a tant de plus à offrir).

Aujourd'hui, c'est trop tard, j'ai ma vie en France, et si Cindy est toujours vierge, elle a soixante et un ans. Même si sur les photos, elle fait plus jeune que son âge.

Qu'aurais je fais avec ma licence de droit aux Etats-Unis, dans ce Texas rétrograde, dans ce pays de l'ultra libéralisme le plus sauvage ? Aurais-je pu y mettre les pieds moi qui avait des sympathies communistes et socialistes, un grand crime là-bas ?

Cindy aujourd'hui s'occupe à plein temps de ses neveux que leur mère néglige. Elle peut m'être d'une aide ponctuelle, mais pas durable.

Seule Muriel peut me sauver de là où elle est par un signe de réconfort. Dans le passé, elle m'en a donné plusieurs, mais cela ne se produit plus ou de façon déformée, par des rêves, où mon cerveau délire.

J'ai senti une chaleur dans tout mon être à plusieurs reprises quand j'enquêtais pour mes livres sur Muriel. David, en en faisant le récit d'une femme « normale » et pas d'une star a beaucoup écorné le mythe qu'elle représentait pour moi, celui de la femme idéale.

Je m'efforce de ne pas désespérer. Tout est possible.

En poursuivant mon *journal*, je me rends compte que je m'éloigne de la longue conversation d'hier avec David, des révélations qu'il m'a faites.

Résumer six heures en quelques pages relève de l'impossible. Et tout ne méritait pas d'être relaté. Ce qui importait était ce qui concernait ma chère et pauvre Muriel.

Seulement hier, il ne m'a été relaté que des choses sordides, même s'il est préférable de savoir que d'imaginer.

Je sais ainsi de façon certaine que Muriel ne s'est pas suicidée. Voilà qui devrait m'ôter toute tentation de l'imiter dans un acte qu'elle n'a pas fait.

A l'instant, je viens d'aller à la boîte aux lettres chercher le courrier, seule chose que faisait Muriel à la fin de sa vie d'après une voisine.

J'y trouve un magazine que lit ma mère, « Ici Paris », qui met en couverture Renaud, véritable loque alcoolique titubant dans Paris.

Cela fait des années que ce chanteur, que je n'ai jamais aimé, se détruit par l'alcool et son foie tient le coup, alors que celui de ma chère Muriel adorée n'a pas tenu quatre ans à ce régime.

Ce chanteur sans voix, surestimé, inutile, sera encensé le jour de sa mort qu'il semble chercher à grands pas sans la trouver depuis des années.

Il n'y avait que trois personnes à l'enterrement de Muriel.

Sur Facebook, un petit billet sympa de Charlélie Couture que je tiens à conserver.

Pour en avoir fait l'expérience, je confirme que ce « ça va Manu » a suscité d'innombrables polémiques au sein des familles, et leur contenu dépassait largement le cadre de cette altercation de quelques secondes lors d'une cérémonie officielle au mont Valérien.
Au-delà de l'insolence lycéenne du gamin qui voulait juste faire le malin devant ses potes, ça s'est très vite allumé et ça s'est mis à faire le buzz entre convention et politesse, entre liberté d'expression et censure, entre respect d'autrui et « humiliation » - ce mot si galvaudé, qui sert maintenant à griller la viande de l'âme à toutes les sauces - Mais à la différence de la captation fortuite où Sarkozy s'était fait piéger dans la posture du manager vulgaire avec son « ça va, pauv' con », Macron l'ayant joué didactique, s'est retrouvé incarner plutôt l'« Adulte Autoritaire »…
Installés sur le tertre du conflit intergénérationnel, (néanmoins brouillés par le fait de la jeunesse du président troublant les chicaneurs qui, du coup, se rabattaient sur une rhétorique de caste) d'une discussion à l'autre, les points de vue étaient en général les mêmes : les adultes raisonnables autrement nommés « les vieux », ou encore « vous », acceptaient volontiers l'idée d'une remise en place, comme on définit une règle du jeu, considérant que la fameuse « Liberté des uns s'arrête où commence celle des

autres », tandis que, de l'autre, « les jeunes » adoptaient un point de vue rebelles impatients, qui défendait par principe, ceux qui tentent de désacraliser la fonction, (qu'elle soit d'État ou autre). Qui n'a pas voulu déboulonner un siège pour le remplacer par le sien propre... jusqu'à ce qu'on y soit assis dessus ?

Bien sûr, si l'on compare avec les générations qui les ont précédés, les jeunes gens d'aujourd'hui vivent apparemment dans un confort tel qu'ils se concentrent parfois sur des détails qui peuvent sembler futiles pour ceux qui se battaient pour survivre. Mais ces mêmes jeunes évoluent aussi dans une société surpeuplée où la concurrence, la densité des populations oblige à jouer des coudes pour s'y faire ne serait-ce qu'une petite place. Accepter des conditions terribles et stressantes ne serait-ce que pour exister un peu dans une société aussi libérale que puritaine.

Il y a la manière de s'exprimer, le choix des mots, du vocabulaire, et puis il y a ce que l'on dit... Tout le monde a pris l'habitude de dire n'importe quoi, n'importe quand. Difficile de faire admettre l'idée qu'il faille tourner sa langue sept fois dans sa bouche avant de cracher son chewing gum.
(Et que dire en ce moment des experts de mes deux et autres commentateurs stratèges du foot, qui vouent au « pilotis » les indifférents qui préféreraient parler d'autres choses, ces fanatiques imptoyables qui soufflent de toute leur mauvaise haleine alcoolisée pour raviver tous les quatre ans le monstre de la bêtise qui sommeille en chacun de nous.)

Mano a mano, jeu de main, jeu de vilain. Ces débats et controverses tournaient autour du thème de l'interventionnisme: à quel moment et dans quels termes peut-on / doit-on dire « stop » ? Quand on a l'impression que les frontières sont dépassées ? Mais quelles frontières ? Quelles limites ? Quand on parle de limites, c'est sans limite. Immigration ou règles de vie, ranger ta chambre ou se lever de bonne heure, et c'est parti en live sur toutes sortes de conflits internes...

L'interventionnisme, on en parle en politique, quand certains états veulent se mêler de donner leur avis sur la manière des gérer les populations d'un autre pays. Quand on sait combien il est difficile de faire se comprendre des idéologies fondées sur des principes et des valeurs qui n'ont rien à voir les unes avec les autres...

Sans le vouloir, ce « ça va Manu » a fait se poser bcp de questions comme celle du maître et de l'élève (et pas seulement parce que Macron a dit au gamin qu'il fallait apprendre ce que signifiait chanter l'Internationale). Mais plus largement: doit-on laisser chacun livré à lui-même ? Éviter les conflits, être complice ? Et que faire quand on constate qu'un proche passe des heures au lit, se fait absorber par son écran, ou fait une consommation excessive d'alcool ? Doit-on se taire pour éviter de se fâcher ? À quel moment on dit son inquiétude de voir son enfant qui cesse de se nourrir ou qui se fait aspirer par la spirale d'une addiction ? A-t on le droit d'imposer un système ? Une vérité ? Un ordre ?

Bref, ce qu'on nomme « interventionnisme autoritaire », dans ce cadre là c'est peut-être aussi tout simplement ce qu'avant on appelait l'éducation.

CharlElie
Juin 2018

Suite de la journée

14h00 L'aide ménagère vient et fait la vaisselle, il y a de l'eau chaude.

16h00 La coiffeuse de ma mère arrive et se plaint qu'il n'y a pas d'eau chaude. La chaudière est arrêtée en mode sécurité. J'appelle SAVELYS devenue ENGIE, un technicien ne pourra pas passer avant demain. J'appelle au secours mon voisin. On ne peut débrancher l'appareil, rien n'est aux normes de sécurité, il y a des flammes, je craque.

Je pars avec le voisin faire 15 kilomètres de marche, en rage. Il faut que j'évacue le stress.

J'en ai marre, c'est la série noire qui continue.

28 juin

Le technicien est venu réparer la chaudière.

Toute la journée, on a vu Jean-Louis Boorlo à la télé faire son numéro contre Macron, qu'il soutenait.

Le voisin me propose demain de faire du vélo.

29 juin

Première balade en vélo, éreintante, 30 kilomètres, nous avons crevé en route (mon vélo prêté), le voisin a dû changer la chambre à air.

Nous avons été jusqu'à Livron. Je n'ai pas dormi m'étant réveillé à 1h38, ayant mal de partout. Partis à 17h00, nous sommes revenus à 20h30, ma mère pleurait, inquiète, persuadée qu'il nous était arrivés quelque chose.

30 juin

Le voisin avait dit dix kilomètres, et ce fut vingt. J'ai le postérieur en compote. Nous avons longé le Rhône jusqu'à Soyons en Ardèche où il m'a semblé sur un chemin reconnaître Pierre B, mon successeur au poste de délégué syndical, qui ne m'a pas dit bonjour. Il habite Soyons, mais ce n'était peut être pas lui.

Cette-fois, j'ai trop forcé (09h00 11h30). Si le voisin s'obstine à vouloir me faire trop forcer, je vais arrêter. Ce matin, j'avais perdu 3 kilos (80 sur la balance).

La France a gagné le match contre l'Argentine. J'avance dans la rédaction de mon blog Muriel, j'en suis au 24 août. David a appelé hier en mon absence et n'a pas rappelé aujourd'hui.

3 juillet

Je suis en colère contre mon voisin qui ne tient pas ses promesses. Lundi prochain, j'ai rendez-vous avec un entrepreneur à Montélimar pour qu'il établisse un devis pour débarrasser l'appartement de ma mère.

Le voisin depuis hier me fait faux bond. Nous devions aller à Décathlon acheter un protection pour la selle de vélos, voire regarder les soldes des VTC Vélos Tous Chemins, et il n'était pas chez lui. Ce matin, je suis descendu le voir, personne.

Mon moral en a pris un coup.

Cette-nuit, j'ai rêvé à Salvatore Adamo, dont j'avais juré de ne plus acheter les disques. Il a sorti en février un énième album, « Si vous saviez ». Vu la piètre qualité des derniers, qu'il sort à une cadence effrénée, j'avais décidé de ne plus en acheter, de faire comme avec Thiéfaine et tant d'autres.

En allant chercher des protections urinaires pour ma mère, je suis passé devant le magasin « Cultura », et ai fait l'acquisition du fameux « Si vous saviez ». Après tant de disques ratés et monotones, il a réussi à refaire un tube, en duo avec une jeune chanteuse de la nouvelle génération, Camille, « Juste un je t'aime ». Sans atteindre le niveau de « C'est ma vie », c'est assez bon. Salvatore compositeur a le même problème qu'Eros

Ramazzotti (qui pour moi a remplacé Umberto Tozzi), après des années de joyaux, on dirait que la source est tarie, le citron pressé au point qu'il ne donne plus de jus.

En voyant lundi sur la chaîne Melody une émission avec Joe Dassin de 1971, « A bout portant », je me suis dit que lui aussi (qui souvent ne composait pas mais faisait de belles adaptations) aurait eu du mal à se renouveler.

Adamo est milliardaire, il a enregistré dans toutes les langues sauf l'anglais, et de l'Amérique du Sud, l'Allemagne au Japon, ses droits d'auteur l'ont mis à l'abri du besoin. Il continue donc par pur plaisir. Beaucoup de gens ignorent que Salvatore est l'un des chanteurs francophones les plus riches (carrière commencée en 1963 et dans plusieurs pays).

Avec ses derniers albums ennuyeux, j'en étais arrivé à ne plus aimer Adamo. J'en ressentais un manque. Mais à 74 ans, je lui conseillerai de ne pas suivre les pas d'Aznavour, et de s'arrêter, même son dernier opus « Si vous saviez » est tout à fait écoutable. Malgré la présence de Camille, et un passage à l'Olympia, il reste inexistant sur les radios et en télé. Le grand public en est resté aux premiers tubes de la décennie 65-75.

J'ai retrouvé le voisin ce soir, il a été vexé de réflexions que j'ai faites sur une cycliste du forum « Le thé de Betty » qui contredisait ce qu'il affirmait sur les débuts de la pratique du vélo. Je me méfie de cette réconciliation trop hâtive. Ma mère m'a offert un vélo que j'ai acheté sur les conseils du voisin à « Go Sport ». Mais désormais, j'aurais mon indépendance et pourrais en faire seul à mon rythme.

Le voisin s'en va en Auvergne cette nuit et il a beau eu me promettre que ces cousins débarrasseraient l'appartement de Montélimar, je maintiens ma demande de devis pour lundi matin. Je n'ai plus confiance en sa famille de Viviers, qui repose sur des promesses aléatoires.

David m'a téléphoné à l'instant pendant 3h43 pour me parler de Muriel et me confier un souvenir d'enfance émouvant, sur une nounou qui a trouvé la mort prématurément dans un accident d'auto en 1970. Il me dit : « J'ai perdu ma deuxième mère ». Je découvre en David un homme très sensible.

6 juillet

Ma fille Claire a 31 ans. Je lui ai fait envoyer des fleurs par Interflora, en attendant qu'elle me dise quel parfum elle veut comme cadeau, car c'est ce qu'elle a choisi.

J'ai fait mon deuxième tour en vélo matinal, ce matin en mettant mon réveil à 7h00. Hier, avec la chaleur, m'étant réveillé à 9h00, parti à 10, je n'ai fait qu'une heure. Aujourd'hui, j'ai pu faire trois heures de vélo.

J'ai acheté un vélo tous chemins (VTC). J'en ressens déjà les effets bénéfiques, et je préfère faire du vélo seul, à mon rythme, qu'avec mon voisin.

Hier, un froid s'est établi avec mon psy, qui estime que l'achat de ce vélo est une lubie, et aurait préféré que je m'inscrive à « Meetic ».

A Nantes, c'est le triomphe du non droit sur le droit. On arrive au comble du grand remplacement que prédisait Renaud Camus. On fait une « marche blanche » pour une racaille tuée lors d'un contrôle de police, qui a voulu s'y soustraire en se sauvant, et l'on met le policier en garde à vue.

L'islamisation de la France est en bonne marche, avec la complicité du « politiquement correct ». Cela va des catholiques aux socialistes bobos.

Il est triste de voir le chanteur Francis Lalanne, l'un des rares chanteurs français auquel je maintiens ma fidélité, se peindre la face en bleu blanc rouge pour le quart de finale France-Uruguay de cette après-midi, que l'on sait perdu d'avance.

J'écoute beaucoup de musique : Lucio Battisti, Salvatore Adamo, des musiques de films. Parmi mes autres disques à écouter, Lara Fabian, des italiens, peut-être qui sait Charlélie Couture ?

Hier, j'ai commencé à me repasser l'intégrale de « Daktari », par le tout premier épisode, « Le voleur d'éléphants ». Je constate que les DVD sont bien plus problématiques que les cassettes VHS et sans doute les clés USB dont je ne peux me servir, pour ces dernières, avec mon appareillage actuel. Il a fallu nettoyer à l'alcool à 70% avec du coton le DVD réenregistrable pour que le lecteur DVD daigne l'accepter. Après au moins trois tentatives ratées et la mention « No disc » ou je ne sais quoi.

Quelque chose me dit que j'ai intérêt à sauvegarder « Daktari » sur mon ordinateur pour plus tard (quand je changerai de téléviseur) les passer avec des clés USB. Il s'agit d'enregistrements télé non protégés contre la copie. En dehors de deux épisodes introuvables, « Compte à rebours » (« Countdown for Paula ») et « Le procès d'un léopard » (The execution). Ces épisodes, doublés en français, n'ont plus été reprogrammés depuis les années 70. Pour « Compte à rebours », c'est une absurdité française, les chaînes passent un autre épisode en lieu et place, « Compte à rebours pour Judy/Countdown for Judy ». tandis que « Le procès d'un léopard », bien diffusé chez nous l'été 1973, semble avoir disparu corps et bien. Lorsque j'ai fait la chronique de la série pour le site « Le monde des Avengers », un fan allemand m'a procuré ces deux épisodes en VOST (version originale sous titrée) anglaise. On peut les regarder sur l'ordinateur, ou le téléviseur, mais pas les copier. Ne me demandez pas pourquoi.

7 juillet

Ce matin, j'ai fait 19.4 kilomètres en vélo, mais pas dans de bonnes conditions. En voulant prendre le pont de Lônes, un grand « crac » quand je change de vitesse pour grimper. Cela a immobilisé la roue arrière qui menaçait de se crever, car quelque chose s'était déboité.

J'ai appelé le vendeur, et une bonne âme ayant réussi à me mettre dans la vitesse intermédiaire sans pouvoir grimper ou changer, j'ai téléphoné au vendeur. Les kilomètres ont donc été faits jusqu'à Saint-Marcel Les Valence où le préposé à l'atelier a le plus grand mal à réparer le vélo pourtant tout neuf. Il a dû me mettre un nouveau pédalier.

Le bon samaritain qui m'a aidé en bas du pont m'a dit « De nos jours, on ne vend plus que des saloperies ».

Comme pour les vendeurs de l'Opel Meriva, ce magasin s'est tiré une balle dans le pied, devant me remplacer une pièce cruciale du vélo, perdre du temps (Il a bien fallu une heure pour que le responsable de l'atelier me rende mon vélo).

C'est sans doute absurde, mais il me faudra reprendre confiance désormais dans ce vélo. Je ne me sens pas me hasarder seul à 10 kilomètres voire plus de chez moi.

8 juillet

J'ai fait de 8h00 à 10h45 une balade en vélo de 30,3 kilomètres. Sans forcer. Quelques problèmes pour changer les vitesses.

Mais voilà, à mon retour, des douleurs m'ont pris au postérieur, elles semblent plus importantes que d'habitude, j'espère que mes hémorroïdes n'ont rien à voir là-dedans.

Montélimar, 9 juillet

Je dis adieu à mon appartement d'enfance. Ne comptant plus sur mon voisin et ses cousins, j'ai fait appel à une entreprise. Ils se chargent de tout et l'appartement devrait être vidé et balayé (ils ne vont pas jusqu'au nettoyage) demain soir. Les lustres décrochés, et rien de bon à récupérer, tout à la décharge municipale.

Pas de vélo aujourd'hui, mais pas dans les jours qui viennent en raison de douleurs aux fesses et dans toute cette région du corps.

J'avoue que cela commence à m'inquiéter. Même le trajet en voiture a été douloureux pour mes fesses.

Valence, 10 juillet

J'apprends le décès de Jeannine Van Hooveld, cancer colorectal détecté trop tardivement. Deux ans se souffrance comme Pierrot Chambet.

C'était la belle-sœur de Jean-Claude Drouot et une amie Facebook de longue date.

Voici le message de son petit-fils Raphaël.

C'est une délicate mission qui m'incombe aujourd'hui. J'ai l'immense regret de vous annoncer le décès de ma grand-mère, Jeannine Van Hooveld, survenu le samedi 07 juillet 2018 à l'Institut Jules Bordet, à Bruxelles.

Très chère à nos cœurs, elle a su, tout au long de son existence, nous réchauffer par son amour, sa gentillesse et sa capacité à toujours être à l'écoute des personnes qui lui étaient chères.

Afin que nous puissions, tous ensemble, lui rendre un dernier hommage, une cérémonie aura lieu le jeudi 12 juillet 2018, à 10h45, au funérarium "Poussière d'Étoiles", situé Rue Gustave Biot, 30, à 1050 Ixelles.

Affectueusement,

Raphaël Siraux, son petit-fils qui l'aime plus haut que le ciel.

Pour mes douleurs anales, je n'ai trouvé ce matin qu'un médecin pour le 12 juillet à 10h15. Pas de vélo d'ici là. Mais j'avoue être inquiet : hémorroïdes ? Fistule ? Moins grave ? Plus grave ? Je devrai attendre après-demain matin jeudi pour être fixé

11 juillet

Muriel aurait eu 75 ans aujourd'hui. J'ai envoyé à David un chèque il y a quelques jours, mais il ne mettra pas de plante par cette canicule, elle serait brûlée en un jour. Il attendra un climat plus clément.

La France black blanc beur a gagné la demi-finale contre la Belgique, alors que je prédisais la victoire de cette dernière. C'est le triomphe des tenants du politiquement correct, pour prouver que le grand remplacement et le métissage sont une chance pour la France.

Coup de téléphone à l'instant : l'appartement de Montélimar est vidé.

14 juillet

51 kilomètres à vélo faits ce matin avec mon voisin et ma première chute sans gravité, à cause des cale-pieds à l'arrêt.

Hier soir, j'ai découvert une série de photos de la chanteuse italienne Emma (Emma Marrone) sur Internet en lingerie. Elle est absolument craquante. J'adore cette chanteuse depuis le festival de San Remo 2012, elle en est à son cinquième album studio (plus un « live »). Il me semblait que son succès dernièrement avait décliné, mais je me trompais. D'ailleurs, même si je ne prends pas souvent ma voiture en ce moment, le CD d'Emma « Essere qui », sorti cette année, a remplacé celui de Lara Fabian.

Objectivement, Emma est moins belle que Lara, plus jeune (elle est née en 1984, Lara en 1970). Je les adore toutes les deux, mais même si Lara a posé pour des photos plus sexy encore qu'Emma (carrément nue dans « Gala » en 2013), je trouve que la jeune italienne est encore plus excitante. Il y a chez Lara quelque chose de glaçant, je ne saurais dire pourquoi.

Le médecin jeudi m'a rassuré pour mes douleurs anales, je vais trop rapidement dans ma démarche sportive après des années de sédentarité. Je n'ai pas de fistule et j'ai poussé un grand ouf.

A vrai dire, je pense de moins en moins à Muriel. Elle est toujours là, mais David l'a désacralisée. Il doit revoir Khadija en septembre. Le renouvellement de sa concession en 2025 qui me préoccupait tant est en bonne voie.

Bien entendu, Muriel n'est pas remplacée, on n'aime qu'une fois comme cela. Je continue mon blog chaque jour. Après avoir hésité, j'ai décidé de continuer mes soirées Muriel alternant « Les dernières volontés de Richard Lagrange » et « Le premier juré », où par la magie de la télévision, elle ne vieillit pas.

Hier soir, sur le site de l'INA, j'ai regardé deux téléfilms avec Thérèse Liotard, une Muriel Baptiste de substitution. « Histoires singulières », épisode « La boucle d'oreille », de Claude Chabrol, et « Pleine lune », un téléfilm à la fois histoire d'amour et de vampires qui m'avait ravi en septembre 1982. Si la série de Chabrol est impeccable, et elle ne doit rien en cela à Thérèse Liotard, « Pleine lune » m'a profondément déçu. Ce téléfilm n'est même pas répertorié dans l'imposant ouvrage de Jacques Baudou, « Merveilleux, fantastique et science-fiction à la télévision française ». Ce film, dont j'avais un souvenir magnifié, se révèle décevant à la vision tant d'années après.

Des Muriel Baptiste de substitution, j'en ai eu à la pelle, à commencer par Diana Rigg, Jessica Walter, Anne-Marie David, la chanteuse italienne Alice Visconti, Thérèse Liotard, Gigliola Cinquetti. Dès lors que Muriel a disparu du paysage audiovisuel en 1974, je l'ai cherché à travers ces visages, en vain. Il n'y aura à jamais qu'une seule et unique princesse du rail, une seule Marguerite de Bourgogne, les autres ne sont que des illusions.

En revanche, si elle m'a inspiré une passion amoureuse à vie, Muriel Baptiste a toujours été un amour platonique. Ce n'était pas une vamp. Lorsqu'elle a posé dans une tenue de la sorte dans « Cinémonde » en 1967, personne n'y croyait. A commencer par le commentateur de l'article. En revanche, Gillian Anderson de la série « X Files », Lara Fabian, Emma Marrone, et jadis adolescent Lesley-Ann Warren et Lynda Day-George (deux héroïnes de « Mission Impossible », m'ont toujours inspiré des sentiments tout sauf platoniques. Emma, en lingerie féminine, est à croquer, mais elle a le côté éphémère de la jeunesse. Dans vingt-ans, elle sera une Lesley Warren. Muriel a ceci d'unique et d'irremplaçable que la passion que j'éprouve pour elle ne se limite pas à une apparence physique. Elle est devenue une partie de moi, une partie de mon âme, même si elle n'est pas présente chaque jour dans mon quotidien.

15 juillet

Visite de quatre heures de Claire pour son anniversaire, de 13h00 à 17h00. Elle était fière d'avoir rapporté à ma mère son cahier de chansons de ses 14 ans, retrouvée in-extrémis avant le déménagement de l'appartement.

Lucas, petit fils aîné étant chez son père, il n'y avait que Lohan que je n'ai quasiment pas vu, il n'a rien mangé et a passé les quatre heures dans ma chambre sur mon lit avec le portable de Claire.

Lohan voulait aller voir les canards dans les canaux derrière chez moi, mais ma fille voulait voir le match de la finale du mondial avec les parents d'un enfant qu'elle garde, ils sont donc partis à 17h00.

16 juillet

La France a gagné la coupe du monde. Cela fait plus d'effet à Charlélie Couture qu'à moi. Voici ce qu'il écrit sur Facebook ce matin, tout en égratinant les supporters, les beaufs, ceux qui font que je n'aime pas le football.

Même si depuis le début, dés les premiers matches, on pouvait logiquement croire que ces athlètes avaient la capacité à devenir « Champions » vus les chiffres des performances des uns et des autres membres de cette équipe de France telle qu'elle avait été goupillée par un « sans-dents » qui connaît bien son affaire, et vu qu'on avait à l'avant, les deux joueurs rares que sont le génial prodige de 19 ans Kylian Mbapé et le non moins généreux plus expérimenté Antoine Griezman, pourtant on était légitimement en droit de douter, vu que les Français sont un peuple qui se régale à douter, d'autant que rien n'est jamais acquis tant que les trois coups de sifflet final (y compris les minutes de suspens du temps additionnel), n'ont pas été soufflés, et que la beauté du sport vient de ce

que le résultat d'un match peut tenir sur un coup de chance ou un coup du sort, d'autant que les joueurs Français ont souvent été moins performants quand ils étaient favoris,
Et même si certains spécialistes de mes deux, commentateurs pédants et autres peine-à-jouir, ont mis en question la capacité dudit Didier Deschamps, à former cette nouvelle équipe jeune, complice et positive, (alors que ces mêmes baratineurs/branleurs nous professaient d'une voix grave il y a un mois qu'ils auraient bien mis Zizou à sa place, (ce même Zizou qui je le rappelle, défendait Benzema), et pourquoi pas Ribéry tant qu'on y est,
Même si tout ça c'est du passé parce que putain, 4 buts aux Croates fallait le faire, et que les 4 buts sont beaux (en rewind juste pour le plaisir rappelons nous : celui magnifique de Mbapé sur une passe splendide d'Hernandez, mais aussi celui puissant de Pogba en deux temps, ou les deux de Griezman,- à qui injustement on n'en a crédité qu'un seul alors qu'il a « formidiablement » tiré son coup-franc-), bref,
Et même si le dernier grotesque but-cadeau offert aux Croates par Hugo Lloris n'aurait jamais dû exister à ce niveau de finale de coupe du monde... (qu'on est tous néanmoins prêts à pardonner parce qu'il a aussi fait de superbes arrêts durant toute cette CDM, et que résumer le gardien Français à ça ce serait salaud),
Même si « on est les champions » ne veut rien dire parce que les seuls à féliciter, les seuls qui ont gagné, les seuls qui méritent cette victoire sont ceux qui ont participé aux matches depuis le début des sélections, et Dieu (lui-même s'il s'intéresse à ça) sait combien la route a été longue...
Et même si les éructations et beuglantes des glands allumés, des bœufs et des beaufs, des vaches folles et leurs veaux à casquettes, gigots « d'a gnôle » et viandes saoules, tous ces fêtards qui donnent un sens très étrange au mot « fête », toutes ces foules nostalgiques qui voulaient « revivre 1998 », toutes ces hordes d'inconditionnels qui n'avaient rien à dire d'autre que des «

whhhééééhhhééééye !!! » au micro des reporters envoyés pour sonder les supporters, et que plus débiles on peut pas,

Et même si les grigris, les fers à cheval, les pattes de lapin, les médailles de la Sainte Vierge ou de je ne sais quel saint, et les signes de croix, les « je portais les mêmes fringues il y a vingt ans », les « j'étais assis à la même place », les « chaque fois que je… ils gagnent…», et autres superstitions surréalistes, abscons, invérifiables, injustifiables du genre marc de café aux grains de Nescafé décaféiné, toutes ces croyances fétichistes mais aussi irrépressibles, même si toutes les prophéties ou oracles y sont allées gaiment sans complexe, jusqu'aux confins de l'absurde,

Et même si les pisse-froids et les jaloux ont refusé de se réjouir,

Et même si la pluie s'est voulue diluvienne à Moscou au moment des remises de médailles, et qu'à part Poutine les autres n'avaient pas de parapluies, - super la classe -…

(Mais au fond, ils s'en moquait bien d'être tous trempés avec des lamelles de confettis en papier doré qui venaient se coller sur eux),

Et même si Macron pourrait en profiter aujourd'hui pour faire un train de réformes supplémentaires (et pourquoi pas tant qu'on y est, faire passer une autre limitation de vitesse pourrie à 70 kilomètres heures), sans que personne s'en aperçoive tellement les gens se sont réjouis de le voir lui-même se réjouir,

Oui,

Même si tout ça,

Et ben,

À l'arrivée,

Cette victoire de l'équipe de France en finale de la coupe du monde de football 2018 par 4 buts à 2 sur la Croatie,

Est sacrée,

Sacrément joyeuse !

CharlElie COUTURE
15 Juillet 2018

Ma fille m'a conseillé hier de ne pas faire la gueule à mon psy, que je voue aux gémonies, même conseil que Philippe. Il est vrai qu'il peut servir pour des arrêts de travail. Mais il m'a profondément déçu par sa réaction, et entre lui et moi, la confiance est définitivement brisée. (Voir ce que j'ai écrit le 6 juillet, pour lui le vélo est une lubie).

Philippe me dit souvent par mail que je suis trop franc.

Je réalise à quel point j'ai été déçu par le concert de Lara Fabian dont je n'ai pas profité en raison des grèves SNCF, à quel point je suis éloigné aujourd'hui de la CGT. Comme je ne pense pas me rendre en Italie exprès pour voir un concert d'Emma, il y aura sans doute d'autres concerts de Lara (Je les adore toutes les deux de toute façon). Lara semble avoir admis son bide avec sa tournée internationale et son album américain, d'après son groupe officiel Facebook, elle aurait déjà enregistré un nouvel album en français, mais avec l'équipe américaine, et pas le tandem Gategno/Hesme de « Ma vie dans la tienne ». Dommage, car ses chansons anglaises même au niveau des mélodies sont moins réussies. Il est exclus que je retourne à Paris la voir. Elle devrait désormais faire des tournées nationales et cesser de se prendre pour Céline Dion. Lara en 2010 aura la cinquantaine et je pense que le plus gros de sa carrière est derrière elle. Elle va se replier sur un cercle de fans, dont certains relèvent de cas sociaux, criant « Lara, on t'aime ».

Je mets à jour le blog Muriel qui devrait se prolonger jusqu'à juillet 2019, soit l'anniversaire de la dernière apparition de la belle dans « Un curé de choc ». En perdant tout son mystère depuis les révélations de David fin 2015, et ce que j'ai appris depuis, je pense moins à elle, même si je la garde dans un coin de mon cœur où personne ne la détrônera. Mais le passé est voué à disparaître, moi-même à 59 ans suis un homme du passé. J'ai vraiment peur de l'avenir, il ne me réserve rien de bon. Je n'attends plus rien.

24 juillet

Le voisin parti en Auvergne, je continue à faire du vélo, hier 26 kilomètres avec des côtes, aujourd'hui, un parcours plus plat de 20 kilomètres. La chute que je mentionnais le 14 juillet me cause toujours des douleurs à la main gauche. J'aurais dû passer une radio.

La France vit à l'heure politico-judiciaire de l'affaire Benalla. On ne parle plus que de cela comme si la victoire de la France à la coupe du monde de football était du passé. C'est le Watergate français qui débute.

29 juillet

Pas enchanté de reprendre le travail demain.

En Italie, Emma Marrone suscite la polémique parce qu'elle fait des vidéos sexy, qui sont censurées. Une chanson « Resta ancora un'po », soit le clip officiel, a été retirée d'Internet, mais j'ai pu en récupérer de justesse une copie. Sans chanson, elle a fait une vidéo sur « 50 nuances de Grey » très courte, où une bande de danseurs torses nus la caressent, mais il n'y a pas de quoi fouetter un chat. L'Italie devient aussi pudibonde que la Pologne, sans doute un effet de la religion ?

Emma a publié sur Instagram deux photos d'elle nue dans sa baignoire (avec la mousse, on ne voit rien). Cela n'empêche pas le scandale.

Le 26 juillet, j'ai eu un SMS de Lucas en vacances qui m'a fait plaisir.

3 août

Pas grand-chose à dire. Beaucoup de soucis au bureau qui ne doivent pas encombrer ce *journal*. Je pense beaucoup à Emma Marrone. Hier, c'était l'anniversaire de la mort de Michel Berger, et la première année où France Gall n'est plus là pour y penser. On vieillit, on meurt, les pages se tournent. L'oubli prend place.

6 août

Mort à 73 ans d'un cancer du cuisinier Joël Robuchon, qui ressemblait physiquement à mon ami René de Lyon. Je regardais dans les années 2000 son émission « Bon appétit bien sûr » et m'étonnais il y a quelques jours auprès de ma mère que l'on ne le voyait plus.

Je le trouvais sympathique, l'air bonhomme et gentil. La canicule continue, tout comme le stress au bureau. Je manque de sommeil. Cette nuit, le voisin du dessus a remis cela, quelle plaie, avec ses soirées. A cinq heures du matin, il faisait un tintamarre de tous les diables.

11 août

Hier, j'ai eu de nouvelles de ma fille par Facebook Messenger, le système de messagerie de ce réseau social. Elle m'envoie des photos de vacances des enfants. Mais m'apprend que l'embrayage de sa voiture a lâché jeudi et que la banque ne veut lui faire aucun crédit.

Etienne Chicot le comédien est mort le 7 août. C'est un comédien que j'ai beaucoup vu au cinéma dans les années 70-80, à l'époque où le prix du billet pour aller voir un film en salles ne coutait pas 12 euros. Mais plutôt 6 ou 8 francs. Peut-être un peu plus, je ne sais pas. Je me souviens de lui dans deux films avec Alain Delon, « Pour la peau d'un flic » et « Le choc ». Je l'ai vu également dans « Hôtel des Amériques » avec Patrick Dewaere et Catherine Deneuve. Je me demandais récemment ce qu'il était devenu. Il était le spécialiste des rôles antipathiques. Sa disparition n'a même pas été mentionnée aux journaux télévisés. Il avait 69 ans. Sans doute encore un cancer, bien qu'aucune information n'ait filtré sur la cause du décès.

17 août

La mort d'Aretha Franklin hier fait l'objet par les chaînes TV et stations de radio d'une médiatisation à outrance qui rappelle celle d'Hallyday.

Curieux comme les médias décident qui est important parmi les morts. Personne n'a parlé du décès d'Etienne Chicot et de tant d'autres.

Des artistes français, notamment des chanteurs, qui furent de grandes vedettes, sont passés à la trappe lors de leur disparition.

Je m'interroge sur le fait de savoir si je vais continuer (par vanité) à faire mon *journal*. Il me semble que j'ai moins de choses à raconter, encore que des concerts sont en vue pour Kylie Minogue (9 novembre) et Emma Marrone (26 février 2019).

Ma mère n'y voit plus et ne peut plus le lire. Restent Philippe et ma cousine.

J'ai surtout moins de choses à dire depuis que je sais à peu près tout sur Muriel Baptiste et qu'il n'existe plus de mystères dans sa vie de sa naissance à sa mort.

Charlélie Couture publie un article intéressant sur Facebook.

Plateforme développant elle-même des algorithmes qui proposent grosso modo toujours les mêmes programmes automatiques à leurs abonnés, DEEZER vient de faire paraître une étude qui tend à démontrer que si le jeune public écoute des genres de musiques diverses, cette curiosité ne dure pas.

Par facilité, par habitude, par nostalgie, un jour donc l'attrait pour la nouveauté disparaît, et on se met à écouter et réécouter, et re-ré-écouter toujours les mêmes choses. Ce « désintérêt » commence plus ou moins tôt. Le point de conscience varie selon les pays : vers 31 ans en Allemagne, 30 ans en Angleterre, ailleurs 19 ans même, en France, cette « agueusie auditive » ou perte du goût d'écouter autre chose, se situe globalement aux alentours de 27 ans et trois mois…

La vie professionnelle chronophage est pointée du doigt, mais pas seulement, à cela il faut ajouter les premiers soucis de la vie de famille, de même que ces 1000 « autres » choses à faire, ainsi que la perte de contact avec ceux de vos amis qui se voulaient « découvreurs de talent », ces « révélateurs » qui vous transmettaient leurs « trouvailles ». Oui le manque temps sert souvent d'alibi. Mais le temps c'est comme l'argent, on en trouve quand on DOIT en trouver. « When there is a will, there is a wallet » dit le dicton (quand il y a une envie, il y a un portefeuille). D'ailleurs la preuve : les vacanciers ne dérogent pas à la règle eux qui écoutent plus que jamais ce qu'ils connaissent déjà.

Cette date charnière de 27 ans a vu mourir nombre d'étoiles filantes, elle est une fois encore pointée du doigt. 27 ans, l'âge de l'acceptation de soi, et celui du refus des autres, celui de l'isolement.

Les premiers temps s'apparentent à une recherche d'identification de soi. Comme un scanner, on goûte, on renifle, on essaie, on balaie le territoire, on ratisse large en écoutant toutes sortes de choses diverses. Comme la quête d'un Graal musical pour essayer de se comprendre soi-même. Mais une fois qu'on a trouvé un terrain de confort émotionnel, on se coupe du reste du monde. On construit son château. On développe sa routine, sa « vie de château » et ce qui se passe à l'extérieur, ne nous concerne plus. Du haut du donjon, entre les créneaux, on jette juste parfois un regard lointain, limite indifférent, vers les étendues de paysage plane, celui de l'autre monde, celui des autres. En matière de musique, on n'a plus envie de rien d'autre que ce qu'on a aimé. On reste fidèle. Point final.
S'agit-il de paresse ? Peut-être mais aussi un goût naturel pour la répétition, et le refus de remettre en question ce qu'on a définit comme ses propres valeurs. Une sorte d'entrée en routine.

On croit jouer au même jeu de la vie sur un même terrain, mais ce n'est qu'une illusion. Certes on vit côte à côte, dans un même pays, sur un même territoire, mais les points de jonction entre nous sont peu nombreux : même consommation, des produits identiques, mêmes infrastructures de déplacement des personnes, mêmes moyens de communication, célébration de certaines victoires, des événements ou tragédies qui engendrent l'empathie, mais au fond peu de choses nous relient les uns aux autres, (pour s'en persuader il suffit d'estimer le niveau d'ineptie des émissions dites « populaires » ou le fatras d'infos Smarties diffusées pour atteindre le Plus-Grand-Nombre-Possible.
L'esprit d'équipe n'a de sens que pour ceux qui n'en font pas partie ! Au sein de l'équipe souvent les membres se déchirent.

Bien sûr il y a des croisements, des couloirs, des échelles de valeur, des escaliers en colimaçon, et aussi des ponts entre les générations, mais qu'il soit de singe ou d'Avignon, de Tacoma ou de Gènes, on sait que tous les ponts peuvent s'écrouler….

Nous vivons tous dans des mondes parallèles. Chacun debout sur son plateau, chacun sur une strate de culture, chacun à son étage, avec ses illusions, ses amertumes, ses complexes et ses envies.
Je ne connais pas la finalité de cette étude de Deezer, mais le fait est que les radios proposent souvent les mêmes choses. Sans commentaire. En voiture, zapper et s'arrêter sur des chaînes d'infos tant les radios musicales sont irrémédiablement chiantes.

Alors pour ceux et celles blues rockers indépendants, des rocheuses et rochiers de diamant, pour les poètes électriques et agents provocateurs de plus de 27 ans qui voudraient faire fondre leur bouchon de cérumen en écoutant « un autre programme », je reprendrai en

Septembre la suite de « l'ALPHA Rocks » sur la putain de radio Perfecto.

CharlElie
Août 2018.

20 août

Incident ce soir, avec un livreur intérimaire de Maximo, il ne voulait pas remporter les cartons, n'a pas livré la totalité de la commande, ma mère a appelé Maximo qui nous a présenté des excuses, le type va se faire remonter les bretelles, nous sommes d'habitude toujours bien servis. Le livreur m'aide à mettre les surgelés en place, plus ce qui va aux frais. Le jeune de ce soir avait le feu au cul.

21 août

Rêve de Muriel, assez bouleversant et triste. J'ai eu aussi une crampe douloureuse à 4h00 du matin. Bref, ce ne fut pas une nuit tranquille.

Hier, j'ai eu la désagréable surprise de voir dans mon immeuble quelqu'un dont je pensais par son éloignement que j'allais être tranquille quelque temps, or il revient déjà inopinément. Affaire trop compliquée pour être développée sur ce *journal.* Ce n'est évidemment pas la crainte que l'intéressé me lise un jour. Disons que j'ai dans mon voisinage une personne toxique avec laquelle il va y avoir un clash tôt ou tard. Un importun. Très intrusif.

Ces derniers temps, je pense moins à Muriel, même si je tiens son blog. Ce rêve m'a fait constater que je la néglige quelque peu, tout en regardant chaque dimanche ses films.

De nouveaux problèmes avec mon Opel, toujours au même endroit, le liquide de refroidissement. Renaud Camus dans ses *journaux* parlait de ses soucis domestiques et d'automobiles. Ce n'est donc pas incongru.

L'actualité fait passer de victime à coupable Asia Argento, la comédienne fille du metteur en scène italien Dario Argento spécialiste des films d'épouvante. Elle avait accusé le producteur Harvey Weinstein de viol. Maintenant, un jeune comédien nommé Tony Bennett se plaint d'avoir été agressé sexuellement par Asia.

Drôle d'informations qui passent en continu, se concentrent sur les faits divers, et où l'on sait plus démêler le vrai du faux.

En fait, les informations ont dévié de leur nature, nous dire ce qu'il se passe dans le monde, et non relater les démêlées de l'héritage de Johnny Hallyday. On nous sature avec cela depuis des mois.

Je pense beaucoup à Emma. Si elle veut me violer, il n'y a aucun problème.

24 août

Mauvaise passe : Claire sans voiture, moi sans réserves, la voiture (encore que la fuite est minime et que cela peut attendre de voir un garagiste), pour ma mère, s'être fâchée avec une amie de 68 ans, qu'elle connaissait depuis Alger en 1950, l'a beaucoup chagriné. Je suis quelqu'un qui se remet vite des tracas, mais n'a pas une force de résistance très grande quand ils s'accumulent.

25 août

Une bonne partie des problèmes que nous connaissons dans l'existence provient du manque d'argent. L'argent ne fait pas le bonheur, mais le manque d'argent peut faire le malheur et agir de façon néfaste sur la santé.

A cause de mon problème de voiture, je dors mal, mes réveils se situent entre 3 et 5 heures du matin, au point que ce week-end, je ne fais pas de vélo. Je suis trop fatigué.

Les conséquences d'un évènement se font parfois sentir avec du recul. Ainsi, fin 2015, j'apprenais à peu près tout de la vie privée de Muriel Baptiste, mais surtout découvrais une femme inconnue, Yvette Baptiste, à des lieues de ce que j'imaginais. J'ai rêvé d'elle cette nuit durant le peu de temps que j'ai dormi (réveil 5h00). Et compris que ces révélations de fin 2015 ont détruit l'image que je me faisais d'une Muriel Baptiste qui n'a existé qu'à travers le petit écran. Dans la vraie vie, Yvette Baptiste était une femme comme une autre.

S'il n'y avait pas le blog, que j'arrêterai sans doute bientôt comme j'en ai fini avec les chroniques de Avengers sur le site « Chapeau melon et bottes de cuir ». je resterai des semaines sans penser à Muriel.

J'aurais passé la majeure partie de ma vie à aimer, adorer, vénérer, un être fictif qui n'a jamais existé que dans mon imagination et le temps de rôles à la télévision.

J'ai reçu mon billet pour le concert de la chanteuse Emma Marrone le 22 février 2019 à Ancona, à côté de Milan. J'espère pouvoir y aller.

2018 se sera révélée une année de désillusions dans bien des domaines.

En juillet, j'avais un moral d'acier, qui s'est effrité pour des problèmes financiers.

J'ai cru aussi mais cela depuis la fin 2017 me faire un ami d'un personnage toxique dont je suis en train de me détacher, un éloignement salutaire.

59 ans, ce n'est pas vieux de nos jours, pourtant, j'ai le sentiment que le meilleur est derrière moi, que je n'ai rien à attendre de l'avenir. J'en ai même peur.

Sur Facebook, un « ami » chanteur des années 70-80, Pierre Charby, âgé de 77 ans, a eu un AVC le 24 juillet.

Voici ce qu'il écrit aujourd'hui :

Bonjour à tous...
Je ne vois pas très bien mais je vais essayer de vous

envoyer ce petit message...je vais à peu près mieux sauf
que j'ai toujours ces satanés vertiges qui me fatiguent
énormément. La rééducation se poursuit mais je ne tiens
pas trop debout . Je marche avec les barres parallèles,
avec l'aide de la kiné...et j'essaie de progresser chaque
jour.
Si je n'avais pas ces vertiges, je serais à peu près bien....
Cathy est débordée par les coups de fil de tous ceux qui lui
demandent de mes nouvelles...aussi, ne lui en veuillez pas
si elle ne vous rappelle pas lorsque vous lui laissez un
message.... Moi, j''essaierai de mettre un petit coucou pour
vous dire comment je vais...
Gros bisous à vous tous.
PIERRE

Le 17 août, il écrivait :

Coucou les amis...
Un immense MERCI à vous tous pour vos si gentils
messages. Je vais un tout petit peu mieux, mais la
rééducation est fatigante...j'essaie de tenir le coup et d'être
plus fort que la maladie ...je sais que ça va être très long,
mais je m'accroche. J'espère surtout que j'arriverai un jour
à rechanter...
Je vous embrasse très fort.
Votre ami PIERROT

Après deux 33 tours, « L'amour fou en 1973 et « Nous »
en 1974, et un seul gros tube, « You », en 1973, Pierre
Charby a petit à petit disparu, ne sortant que quatre 45
tours durant la décennie 80. Il a sorti un CD sans label,
« Le cœur battant » (2013), qu'il vend par le biais de son
site Internet. Sa carrière a commencé par un 45 tours
sorti le 26 juin 1972, « Oh Marie Maria ». En 2013, il

faisait partie, en ne chantant que son titre « You », de la huitième saison de la tournée « Age tendre et tête de bois ». Il est marié depuis le 14 juillet 1975 à une superbe créature.

De quoi ais-je tant peur ?

En premier lieu du cancer, première cause de décès en France, et maladie inhumaine.

De l'isolement affectif, ma mère a 96 ans, et les contacts avec ma fille ne sont pas fréquents.

J'ai peur de la solitude, du manque d'argent (certainement la peur la moins fondée), de la perte de ma santé (on voit avec l'exemple de Pierre Charby qui était en pleine forme que tout peut basculer du jour au lendemain). Je suis angoissé par ma vue, après une opération de la cataracte début 2012 quelques mois après mes 52 ans.

J'ai perdu la foi et ne croit plus à une vie après la mort, et notamment à des retrouvailles avec Muriel Baptiste. Voilà une chose qui m'a longtemps permis de faire face aux soucis de l'existence. Cela a ravivé ma peur de mourir.

Enfin de terminer ma vie seul, sans compagne, après ma séparation d'avec Isabelle, connue en 2009 et fréquentée deux ans.

Sur Facebook, j'ai un autre ami chanteur, moins connu que Pierre Charby, Chris Evans, qui lui a 62 ans, et donne des concerts de rock français et variétés.

3 septembre

Visite au garage de Charmes sur Rhône qui accepte de s'occuper de la réparation de mon Opel. J'ai fait une bien mauvaise affaire, Opel a fait faillite (et n'est pas comme je le croyais passée de General Motors à PSA), et tôt ou tard, il y a des pièces que les possesseurs d'Opel ne trouveront plus. De plus, un an après son achat, ma voiture ne vaudrait plus que 5000 euros, somme pour laquelle le garagiste me dit qu'en essence, je ne trouverai rien. Plus inquiétant, la panne qui s'est produite, un tuyau de liquide de refroidissement qui se perce, peut se reproduire. A chaque fois, il y a beaucoup de frais de main d'œuvre.

J'ai rendez-vous jeudi 13 septembre, deux jours après une intervention bénigne au laser chez l'ophtalmologiste.

Ce qui s'est arrangé depuis vendredi, ce sont les relations avec ma fille qui a redonné des nouvelles, et à la suite de cela, je dors mieux.

Je pense que je vais quitter la CGT.

L'actualité tourne en rond, les journalistes n'ont rien à se mettre sous la dent après la démission du ministre Nicolas Hulot, et les déclarations de Stéphane Bern, qui se plaint de ne pas avoir les moyens d'assurer sa mission gouvernementale sur le patrimoine.

Hier, en allant faire du vélo au bord du Rhône, je me suis arrêté et regardais les montagnes ardéchoises, qui me font penser au fantôme d'Annunciata.

Annunciata/Muriel Baptiste dont je peine à continuer chaque jour le blog, qui devient fastidieux, j'ai écrit mes articles jusqu'au 22 novembre 1973. Cela devient chronophage.

C'est la première année que le 7 septembre, je ne fais pas déposer une plante sur la tombe pour l'anniversaire de sa mort. Pour moi, cela ne signifie plus grand-chose.

9 septembre

David a téléphoné longuement le 7 sans rien m'apprendre de plus. Ce 9 septembre, ma fille devait venir et une panne d'automobile l'a bloquée chez elle. Hier, je n'ai rien trouvé comme activité pour avoir une vie sociale aux forums des associations, et surtout absolument rien en marche ou vélo. Or, je constate que les semaines passent et que le week-end, je ne fais plus de vélo.

J'ai relu et corrigé mon journal 2018, j'ai constaté que je me répète souvent, je vais être plus bref désormais.

10 septembre

Je n'en mène pas large en raison de la séance laser chez l'ophtalmologiste demain matin. J'espère que ce sera vite derrière moi, que je ne serai pas privé d'écran. Jeudi, je dois emmener l'Opel chez le garagiste pour la fuite du liquide de refroidissement.

Il serait temps que je puisse respirer un peu, avoir une trêve. J'ai l'impression de passer d'un tracas à l'autre.

11 septembre

J'ai été opéré de la cataracte à 52 ans après qu'elle ait été diagnostiquée à 49. J'ai été opéré en 2012.

En 2013, j'ai changé pour des raisons géographiques d'ophtalmo, celui qui m'a opéré était à 100 km aller retour.

J'ai vu cet ophtalmo en 2013, 2015 et il m'avait dit de revenir trois ans après, je m'y suis donc rendu en janvier de cette année.

Il était absent et avait une remplaçante.

Cette dernière m'a fait une ordonnance pour des lunettes en me disant de ne les faire que si je cassais les miennes car on ne me rembourserait pas deux paires en un an, et que je devais prendre un rendez vous avec l'ophtalmo (qui serait de retour) ce jour donc 11 septembre, car il me fallait une intervention au laser.

Lorsque j'y suis allé en janvier 2018, j'ai entendu les secrétaires qui avaient les patients au téléphone, tous ceux qui apprenaient que c'était la remplaçante refusaient les rendez vous et attendaient le retour du docteur.

Ce que j'apprends aujourd'hui est consternant.

Le docteur m'a dit que je n'ai pas besoin de laser, et il m'a donné rendez vous dans deux ans.

Il m'a refait une ordonnance pour des lunettes, ma vue a très peu changé.

Mais quand je regarde la correction, heureusement que je n'ai pas fait les lunettes avec la remplaçante : elle m'a fait une ordonnance avec une forte correction plus que nécessaire. Celle du toubib d'aujourd'hui propose une faible correction par rapport à elle.

Il m'a dit que cette remplaçante ne sait pas opérer. Et c'est la raison pour laquelle elle n'a pas fait de laser ce jour là. Il ne comprenait pas pourquoi je venais le voir (apparemment aucun suivi chez lui)

Autre observation, mais ce doit être partout pareil : j'avais rendez vous à 9h30, j'ai dû passer à 9h50 et rester cinq minutes.

De 9h30 à 9h50, l'ophtalmo a pris plusieurs patients, on se croirait au rayon boucherie ou charcuterie d'un supermarché.

Je précise que dans ma ville, pour les ophtalmos et autres spécialistes, ils ne prennent plus de nouveaux clients, j'ai eu beaucoup de chance en 2013. Tous les autres m'avaient refusé avant.

Bon, je suis bien soulagé, bonne vue, bonne opération en 2012, et pas besoin de laser.

J'ai rêvé de Muriel en Annunciata cette nuit, peut-être m'a-t-elle protégée de ce rendez-vous que je craignais tant ?

16 septembre

Ce dimanche, un agréable anniversaire anticipé avec ma mère, ma fille et mes petits enfants très sages. Une ambiance sereine et pleine d'affection.

Vendredi soir, je me suis rendu à l'association « Atout loisirs ». Des gens assez simples et accueillants, ma première impression est bonne, reste à savoir si la suite confirmera ce premier contact.

19 septembre

Avec la mort de Jean Piat, une page de plus se tourne m'éloignant encore plus de Muriel Baptiste et des « Rois maudits ».

Mes problèmes étant réglés, je devrais me sentir bien, or il n'en est rien. J'ai le spleen. Je ne sais pas pourquoi. Je manque de temps pour mes occupations, y compris ce *journal*. Il faut que je mette un mot sur le blog Muriel concernant la mort de Jean Piat. Quant à l'association, aller à des activités un mercredi soir, alors que le lendemain je me lève à 6h00 n'était ni fait ni à faire.

J'ai parlé à ma responsable de service d'un congé pour le 26 février 2019 (pendant les vacances scolaires) pour aller à un concert à Milan. Elle m'a répondu assez froidement qu'elle ne pouvait rien valider pour le moment.

24 septembre

J'ai fait un curieux rêve : ma grand-mère avait à peu près l'âge de sa dernière année en 1983, soit 85 ans, ma mère était plus jeune, mais nous étions en 2018. Ma mère m'avait acheté 4 DVD d'une série avec Sarah Michelle Gellar (la vedette de « Buffy contre les vampires »), mais à mon réveil, je ne me suis pas rappelé du titre. Je me rendais compte qu'il existait 89 épisodes en tout de cette série. Les 4 DVD achetés par maman était des cadeaux du « Pelerin Magazine » (!). En me levant, j'ai pris quelques notes pour ce *journal* et j'ai eu raison car ce soir je ne m'en serai pas rappelé.

Sarah incarnait une extra-terrestre arrivée à Roswell en 1947 mais elle était aussi la réincarnation d'une âme, d'une jeune femme qui n'avait pas pu naître pendant la révolution française. Elle allait donc vivre à notre époque.

Si l'on accepte que je n'aie pas fumé de substances illicites avant de faire ce rêve, on peut l'expliquer de la façon suivante :

En septembre 2012, un dimanche soir, nous avons commencé ma mère et moi à regarder une série, « Ringer », avec Sarah Michelle Gellar, du genre policier et suspense, mais n'avons pas vu la suite (la série n'a duré qu'une saison et fut vite oubliée). « Roswell » est une série pour ados que je regardais avec ma fille vers 2000. On trouve un article sur Muriel Baptiste dans un vieux numéro du « Pèlerin magazine ». Il y a 89 épisodes à « Daktari » que nous regardons chaque soir ma mère et moi. On notera le mélange des époques : ma grand-mère est morte en 1983, je ne me suis jamais intéressé à Sarah Michelle Gellar mais j'aurais bien aimé voir la suite de « Ringer ». De mémoire, nous avons oublié, le dimanche suivant, de regarder la série qui était programmée sur France 2 au rythme de trois épisodes par soir. La réincarnation, c'est peut-être en rapport avec Muriel Baptiste.

L'ambiance est exécrable au bureau. Ce week-end, j'ai eu au téléphone David samedi et Philippe dimanche. Mes soucis du moment ne sont pas graves. Une prise électrique qui fait disjoncter le compteur, l'histoire de mon abonnement Orange (cela semble arrangé).

J'ai oublié de mentionner qu'aux obsèques de Jean Piat, Robert Hossein et Jean-Paul Belmondo avaient l'air de se demander qui serait le prochain.

Nous passons sans transition de la canicule à l'hiver. Mon voisin me fait la tête. Je crois que je vais avoir du mal à trouver quelqu'un d'autre pour faire du vélo. Je me démotive, 12 kilomètres samedi, avec un vent glacial en face, 10 hier en raison d'un pneu arrière à plat.

Je trouve que cette période est morose. Elle commence le matin par la contrariété de trouver des automobilistes (trois ce matin) en face des garages. Le syndic laisse faire malgré mes mails de protestation. Un matin, je risque fort de ne pouvoir sortir de mon garage, je klaxonnerai à réveiller les morts si c'est le cas. L'ambiance au bureau n'arrange rien.

25 septembre

Dispute mémorable au bureau entre un sénior, Yves, et les jeunes. J'ai cru qu'ils allaient en venir aux mains. Cette nuit, j'ai rêvé de Muriel.

1er octobre

Charles Aznavour est mort, et l'on a l'impression d'être
revenu au jour de la mort de Johnny. Impossible de
mettre une station de radio ou une chaîne de télé sans
être saturé par cette nouvelle. On n'a pas fini de nous
rabâcher cette disparition.

J'ai prévu de faire trop de choses durant mes vacances
qui ne sont plus du repos.

J'ai passé beaucoup de temps à travailler pour le blog de
Muriel, j'en suis à décembre 1973, j'ai donc deux mois
d'avance. Cela correspond à un retour de flamme envers
elle. Muriel, je t'aime.

2 octobre

Visite à l'agence de voyage Havas. Le concert d'Emma se
révèle problématique. L'aéroport de Milan est à 60
kilomètres du lieu du concert (Assago), et il n'y a aucun
moyen de transport pour se rendre à Assago (à part sans
doute les taxis). Un train me conduirait au centre de
Milan, ce qui gagnerait du temps, puisque je serai à 20
minutes d'Assago où il y a des hôtels. Mais pour les
trains, il faut retourner réserver fin novembre.

Mon euphorie s'envole. Ce voyage tant attendu me
semble compromis.

Viviers, 3 octobre

20e film vu avec mon petit-fils Lucas, mais c'est seulement le troisième cette année (j'y retourne le mercredi 7 novembre). J'ai eu l'impression que Lucas n'aimait pas le film, dessin animé destiné à un public plus jeune que lui, « Destination Pékin », dont la musique est signée par Mark Isham, compositeur renommé.

En effet, Lucas n'a cessé de se servir de son téléphone. En rentrant, j'ai appris qu'en fait il appelait ma fille. Il est perturbé en ce moment, et est toujours dans les jupes de sa mère. Comme il avait des devoirs à faire, j'ai ensuite laissé Lucas avec Claire et joué avec Lohan qui était ravi. J'ai passé une excellente journée, et eu un bon dialogue avec ma fille.

Cela restera une journée de bonheur. J'ai eu le temps (rapidement) d'aller me recueillir à Montélimar sur la tombe de ma grand-mère.

Valence, 5 octobre

Bouleversante communication téléphonique avec David hier de 20h30 à 3h45 du matin, soit sept heures.

Il m'avait demandé quand il pouvait appeler et à quelle heure, jeudi ou vendredi soir.

Je lui ai dit 20h00, en effet il avait précédemment appelé dans la semaine un jour où j'allais passer à table. Mais quand je l'ai appelé, c'était lui qui mangeait, et il n'a rappelé qu'à 20h30.

Si le début de la conversation était agréable et somme toute sur des sujets intéressants (il m'a parlé du département 93, des problèmes causés par certaines communautés, puis de problèmes d'agencement de l'électricité dans mon l'appartement), lorsque nous avons abordé Muriel Baptiste, le bavardage a pris un ton grave qui m'a mis mal à l'aise.

Il me raconte beaucoup trop de choses intimes sur sa vie avec Yvette Baptiste la femme, tout en ne comprenant pas les raisons de ma passion pour une actrice que je n'ai jamais rencontrée, qui était une femme comme une autre.

A un moment, il m'a confié n'avoir jamais aimé quelqu'un comme Muriel, ce qui m'a mis dans une posture embarrassante. De plus ma mère voulait se coucher et s'est agacée.

Il m'inquiète, par exemple parle d'un « fantôme » lorsqu'il se rend dans l'appartement rue Budin où Muriel est morte. Il a rêvé plusieurs fois à cet appartement alors qu'à ma différence, il ne rêve jamais de Muriel. Bien sûr, il ne parle pas d'un vrai fantôme mais d'une atmosphère oppressante.

Ce matin, je devais aller faire du vélo, je le ferai l'après-midi, j'ai besoin de m'aérer, il m'a vraiment perturbé.

J'ai le sentiment que nos relations ont pris un tour toxique et dangereux pour mon équilibre (je peux m'épancher, il ne lira jamais ce *journal*).

A quoi sert de me dire que j'ai toute ma vie aimé quelqu'un qui n'existe pas ? A me répéter à chaque fois que j'aurais dû la contacter et la rencontrer ? Il est trop tard dans les deux cas.

David ne s'en rend pas compte, mais il prend le risque que nous coupions les ponts.

J'ai déjà mon lot de soucis dans la vie sans m'en rajouter.

Il se contredit parfois, s'émeut ce qui est gênant pour moi et ce n'est pas la première fois après l'incident de juin où il a pleuré car il était revenu sur son lieu de travail quarante ans après. (Voir ce que j'écrivais à la date du 18 juin à Paris).

Si j'ai perdu ma vie à courir après une chimère, à 59 ans les dégâts sont irréversibles, et il vaut mieux positiver et vivre l'instant présent.

Cet homme-là m'a bien pris la tête.

A 12h50, il m'avait laissé un sms que je n'ai vu qu'à plus de 15h00 : « Bonjour Patrick, pas trop fatigué j'espère ? Nous sommes deux grands gamins pas très raisonnables. Bonne journée ».

J'ai fait une courte réponse polie.

8 octobre

Rêve de Muriel cette nuit. Je n'y pense pas dans la journée, elle vient hanter mes nuits. Ce ne sont pas comme jadis des rêves apaisants.

Mauvaise ambiance au bureau pour ma reprise après une semaine de RTT.

En rentrant ce soir, je suis venu au secours de ma mère pour lui réparer son lecteur de cassettes, où l'une de Frank Michael avait sa bande définitivement entortillée dans l'appareil. Quelle technologie désuète les cassettes audio. J'ai retrouvé par hasard hier en faisant du rangement une boite de cassettes vierges 90 minutes qui tombaient donc à point. J'ai donc réenregistré le cd de Frank Michael « Ecouter les femmes ».

Pour en revenir à Muriel, je ne comprends pas pourquoi elle ne me fait pas un signe, et n'est devenu synonyme désormais que de malaise, comme lors de la conversation avec David.

Je n'achète plus que très rarement des CD, mais la ressortie sur le label obscur Digitmovies du « Zorro » d'Alain Delon par Guido et Maurizio De Angelis me tente, d'autant plus que je ne l'ai qu'en 33 tours vinyle de l'époque de la sortie.

Acheter un CD est devenu une chose rare, mais que j'apprécie.

10 octobre

Problème intestinal, une diarrhée qui m'a empêché d'aller au bureau. Ce genre d'évènements, après deux jours de transit bloqué, a tendance à m'affoler. J'ai vraiment peur de la maladie (surtout d'une) et de la mort. Heureusement, dès que je vais mieux, c'est vite oublié.

J'ai regardé sur Internet quand je pourrai partir à la retraite, mais y arriverai-je ? J'ai perdu mes repères et mon courage en perdant la foi, en m'éloignant de Muriel après les appels téléphoniques de David. L'avenir me fait peur.

En parcourant ce *journal*, je vois que le 30 mai, mon intestin était malade. J'en parle aussi le 2 juin. La journée du 3, j'évoquais un problème survenu à Saint-Etienne le lundi 18 septembre 2017 passé sous silence dans mon *journal* de l'année.

Il ne faut pas en faire une névrose, mais pas non plus l'ignorer. Pour l'instant, les choses s'arrangent à chaque fois. Je le répète, il faut apprécier la santé quand on l'a. C'est notre bien le plus précieux. Par exemple, mes ennuis mécaniques avec l'Opel ne doivent pas me tracasser plus que cela. Elle fait un bruit anormal en démarrant ces temps-ci.

16 octobre

Enfin, aujourd'hui, mon intestin va mieux, et bonne nouvelle, une femme m'a contacté hier pour faire de la marche, une nouvelle venue sur Valence. J'ai eu de ses nouvelles ce matin par mail.

Entretien annuel (le deuxième de l'année puisque celui de janvier était celui de 2017 en retard) avec ma responsable, bien bavarde, qui a duré 2h30.

Claire et Lucas sont sous cortisone avec une trachéite, et Lohan est également malade, sans que l'on sache ce qu'il a malgré une visite au médecin.

La santé qui revient me redonne le moral et le tonus.

20 octobre

Rencontre avec Marie-Claire L. et agréable surprise. Nous nous sommes bien entendus. Nous avons fait de la marche. J'espère ne pas m'emballer, mais elle me plaît. L'avenir me dira si je me fais des illusions ou non. Elle ne cherche pour l'instant qu'une amitié. Cela m'a changé les idées avec cette actualité terne où l'on rabâche la sortie de l'album posthume de Johnny Hallyday et les colères de Mélenchon suite à la perquisition des locaux de son parti. D'autre part, l'association « Atout Loisirs » m'a bien déçu hier soir, alors que mercredi, j'étais enchanté de ma sortie au bowling. Personne ne m'a parlé, je suis parti.

21 octobre

Je dois l'avouer, ce soir, je suis bien déçu. J'ai attendu toute la journée un signe de vie de Marie Claire, elle trouve le moyen de m'appeler au seul moment où je ne suis pas libre et tard, 19h42 (ou alors il faut que je m'attache autour du cou le téléphone portable). Elle laisse un message, je lui demande de rappeler, elle ne le fait pas dans un premier temps. Quand elle appelle, à 20h26, elle est sèche, refuse le covoiturage, propose une balade à trois demain avec une fille, une certaine Denise, se dit incapable de m'aider à repérer l'endroit où l'on s'est garés hier. Elle était surtout pressée de raccrocher. Il se confirme qu'elle est au chômage mais a plus d'impératifs que moi.

Hier, j'ai réfléchi, cette Marie-Claire me rappelle quelqu'un, et après avoir beaucoup cherché, j'ai trouvé : l'actrice Blanche Raynal, qui jouait Christine Rivière, femme du brigadier Francis Rivière joué par Franck Capillery dans la série « Une femme d'honneur » avec Corinne Touzet.

Hier samedi, encore des problèmes intestinaux, plus de diarrhées mais de la constipation, qui me réveille à 4h00 du matin. Ma santé se stabilise, mais j'étais précisément aux toilettes quand Marie-Claire a appelé.

Je suis amer ce soir.

27 octobre

J'ai enfin quitté la CGT par un mail aux délégués syndicaux le jeudi 25, également adressé à quelques syndiqués. Ambiance lourde au bureau après un affrontement entre Yves A. et Eléonore B.

En voulant aller prendre un verre à « La Raffinerie », bar musical de Saint-Marcel les-Valence jeudi soir, je me suis garé au hasard et les employés m'ont barré le passage, il m'a fallu négocier et déployer des trésors de diplomatie pour que l'on déplace les véhicules et me laisse partir. J'y étais invité par quelques collègues qui m'ont vite négligé et sont restés entre eux, mais peu importe.

J'ai été invité ce soir au « Buffalo grill » manger une grillade par Yves A., le dilemme étant de laisser ma mère seule, mais je n'ai pas l'occasion autrement d'en manger chez moi. Yves est à cause de ses coups de sang au cœur d'une tornade au bureau et il n'avait pas le moral. J'ai essayé de lui faire comprendre qu'il ne fallait pas qu'il s'emporte, mais je pense qu'il n'en fera qu'à sa tête.

Quant à Marie-Claire, c'est un nouvel espoir déçu, je me demande si ce n'est pas le dernier.

28 octobre

Philippe Gildas est mort à 82 ans, qu'il ne faisait. D'un cancer, comme tout le monde.

Depuis hier, je me régale avec le hors série « Mad Movies classic », un épais magazine consacré à la saga de films d'horreur « Halloween » qui révèle tous les secrets de la production.

31 octobre

Mon ami Philippe n'a pas le moral après le décès d'une amie. J'essaie de le réconforter. Je suis sorti tôt du bureau pour accueillir les enfants qui viennent chercher des bonbons pour Halloween. Je regarde dans mes *journaux* 2015 à 2017, ils ne sont venus qu'en 2016 avec leur mère, et auparavant, cela faisait des années qu'ils ne venaient plus. Je vais regarder ce soir en DVD « Cubby House » et « La nuit des masques » (le premier « Halloween »).

Plusieurs magazines sont sortis suite au nouveau film d'Halloween avec Jamie Lee Curtis, et j'en ai déjà dévoré deux, dont celui évoqué le 28, qui fait l'histoire de toute la saga depuis 1978, détaillant chaque film.

Viviers, 7 novembre

Ma fille me dit que pas plus que chez moi, les enfants ne sont venus chercher de bonbons pour Halloween, mais à Viviers, il pleuvait averse, elle pense que c'est la raison. Nous n'avons pas été voir un film au cinéma avec Lucas, et je me demande s'il y aura un 21e film vu ensemble (le dernier, c'était « Destination Pékin » le 2 octobre). Il n'y avait qu'un film que ma fille lui aurait laissé voir, « Chair de poule 2 : Les fantômes d'Halloween », mais Lucas n'avait pas envie de voir ce film. D'autre part, chaque mercredi, il voit un psy à 17h00 ce qui rend aléatoire la vision d'un film à Montélimar l'après-midi. J'aurais la réponse le 13 février, date de ma prochaine visite à Viviers fixée avec Claire. Après-demain, je vais voir en concert Kylie Minogue en concert à Paris avec Philippe. Nous serons dans la fosse pendant plusieurs heures et l'état de mes intestins et de ma vessie me préoccupent, car pour ne pas perdre sa place, il ne faudra pas aller aux toilettes.

Depuis le 10 octobre, j'ai des problèmes aux intestins, j'espère qu'ils sont dus au stress, et que j'ai ce que l'on appelle « le syndrome du côlon irritable ». Si je vais voir mon généraliste, il pensera à un cancer et m'enverra passer une coloscopie. Ma santé est ce qui me préoccupe le plus cet automne.

Paris, 9 novembre

Il n'était pas écrit sur le papier que nous verrions Philippe et moi Kylie Minogue vu le déclin de sa popularité en France et le peu d'écho rencontré dans l'hexagone par son dernier album « Golden ».

Cela me faisait regretter d'autant plus d'avoir décliné une invitation de Philippe en 2014 pour aller la voir en concert.

Cette-fois, elle est donc passée dans une salle appelée « La Seine musicale », à Boulogne-Billancourt. Il a fallu faire une file d'attente très longue, mais nous avons pu la voir en étant au troisième rang de la fosse.

Kylie est arrivée un peu en retard, et l'on se serait dispensé de la prestation de deux DJ que le public n'a pas appréciés.

Enfin, la déesse arrive. Elle se fait attendre puisque ses musiciens la précèdent de quelques minutes sur scène. Comme les animatrices de variété de la télévision italienne, elle change de tenue plusieurs fois, au bout de trois ou quatre chansons, cinq je ne sais plus.

Quelques regrets, qu'il faut signaler : le son est mal réglé, trop amplifié et couvre parfois sa voix, elle chante ma chanson préférée « *Confide in me* », mais sans l'intro musicale au violon digne d'Ennio Morricone, et façon rock. Son méga tube *« Can't get you out of my head »* *(« Na na na »),* arrive trop tôt dans le concert, je l'aurais réservé pour la fin, comme une apothéose Globalement, la deuxième partie du spectacle nous a semblée davantage réussie que la première. Le seul point noir de cette soirée qui est à renouveler et fut fort agréable a constitué dans mes désagréments de santé évoqués plus haut dans ce *journal*.

J'ai fait preuve de plus de résistance pour attendre debout six heures dans la fille de spectateurs, mais mon intestin a fait des siennes. Il semble toujours irrité. C'est dommage.

En tout cas, à cinquante ans, Kylie est resplendissante et nous gâte au final avec deux tenues sexy, une robe pailletée et une jupe avec des bottes. Elle porte aussi juste avant un chemisier noir façon lingerie intime assorti à une tenue plus sage.

Visiblement contente de l'accueil du public, elle fait un chaleureux rappel, après avoir offert une rose à une enfant et dialogué avec les spectateurs.

La plupart des tubes de sa carrière sont chantés. « Better the devil you know », « The locomotion », «Spinning around », «On a night like this », « All the lovers », «Your disco needs you», « Kids » (Qu'elle chantait initialement avec Robbie Williams), « Slow ».

Seul manque à l'appel « In my arms ».

Une très bonne soirée. J'étais un peu courbaturé après la file d'attente mais cela valait le coup. Cela m'a fait oublier mon stress et mes soucis quotidiens. J'espère vraiment la revoir, et avec des intestins plus calmes.

Valence, 17 novembre

Hier, j'ai réservé mon billet d'hôtel et mon train pour aller voir Emma le 26 février à Milan.

Le mouvement des gilets jaunes me fait peur, je ne sortirai pas de chez moi aujourd'hui.

21 novembre

J'apprends le décès de mon oncle et parrain Emile. On l'a trouvé mort à son domicile ce matin. Depuis février 2007, il était en fauteuil roulant suite à un AVC. Homme très actif et ancien militaire, il avait un caractère passionné et ne laissait pas indifférent. Il avait 89 ans, tout le monde ne les atteint pas. Je garderai le souvenir d'un homme parfois dur, avec lequel j'ai eu parfois des accrocs. Depuis 2007 et son AVC, il n'était plus que l'ombre de lui-même. Paix à son âme.

27 novembre

Aujourd'hui, à Cavalaire-sur-Mer, il y avait la cérémonie funéraire de mon parrain. Je n'y suis pas allé mais ma mère et moi avons fait déposer une plaque gravée « Paulette et Patrick », il y a deux pétales de fleurs et un papillon.

Ma mère renâcle à sortir pour aller à « Optical Center » pour faire faire ses lunettes, invoquant le froid. Je l'ai comprise aujourd'hui en sortant, avec neuf degrés et un mistral glacé, on se croirait en Sibérie.

L'affaire des gilets jaunes s'enlise et le président Emmanuel Macron a un discours inaudible, sa réponse au mouvement n'est pas du tout à la hauteur.

Si la disparition de mon oncle à 89 ans n'a rien d'exceptionnel, disons étant dans l'ordre des choses, elle semble conclure une année bien terne. Nous n'allons pas fêter Noël ou faire le minimum si ma fille et les petits enfants viennent.

Cette année aura marqué un net fléchissement de mon amour pour Muriel à laquelle je pense de moins en moins, après trois ans de coups de fils avec David, qui l'a faite tomber de son piédestal. Je ne pensais pas la chose possible. Par ailleurs, je constate qu'Emma Marrone prend comme chanteuse préférée (avec Lara Fabian) une importance de taille. Je l'aime depuis le festival de San Remo 2012. En 2018, en devenant de plus en plus sexy et aguichante, elle est mon idéal féminin. Elle ne remplace par Muriel, et je pense d'ailleurs que la baisse d'intérêt pour cette dernière, que j'évoque plus haut, est temporaire. Ce qui est définitif, c'est ma rupture avec la CGT, qui restera curieusement l'évènement qui m'aura la plus marqué cette année et occasionné de cauchemars, à mon grand étonnement, car le poste de délégué syndical était plus une source de stress qu'autre chose.

J'ai une impression de vide cette année, de perte d'enthousiasme, ma santé m'a beaucoup préoccupé, avec des problèmes intestinaux récurrents. La peur de la mort est revenue à grands pas depuis que je ne suis plus certain qu'il y ait une autre vie, ou du moins un ailleurs où je puisse retrouver Muriel Baptiste. 2018 est sans doute l'année où plus que jamais, j'ai réalisé que l'on n'a qu'une vie.

La fin de mon prêt immobilier me soulage, je suis plus à l'aise financièrement, mais ma santé devient ma préoccupation numéro un.

Pour en revenir à des choses plus plaisantes, en dehors d'Emma Marrone, mon dévolu continue de se jeter (et ce depuis des années) sur trois autres créatures de rêve : Lara Fabian (elle figurait même dans le titre de mon *journal* 2017), mais aussi deux comédiennes bimbos américaines dont la carrière est plutôt au point mort : Megan Fox et Monica Keena.

Il me semble que j'ai moins à dire, que je deviens moins inspiré. Le *journal* 2018 serait certainement le dernier dont j'envisagerai la publication, s'il n'y avait pas le concert d'Emma en février 2019.

Je pense que si j'ai moins de choses à raconter, cela vient de mon désamour provisoire pour Muriel Baptiste qui était le moteur de ma vie.

Il est peut-être un peu tôt pour dresser un bilan de l'année, j'y reviendrai le 31 décembre.

1er décembre

Spectacle désolant des gilets jaunes et des casseurs à Paris. J'ai fui les chaînes télé pour regarder le divin concert d'Emma Marrone à Milan en DVD, « Adesso Tour 2016 », et ce soir, je regarde la non moins sexy Megan Fox dans « Ninja Turtles 2 ». On se distrait comme on peut.

Je regrette que Megan Fox se cantonne à des films familiaux et grand public, au lieu de rôles un peu olé olé façon Angelina Jolie dans le remake de « La Sirène du Missippi », « Péché originel » (On compare souvent Megan à Angelina mais cette dernière ne m'intéresse pas). Emma à sa façon, lascive et sexy sur scène, me donne mon lot d'émotions fortes. Je regrette qu'une autre actrice américaine, Monica Keena, se fasse rare. Elle fut la vedette de la série « Dawson » que ma fille regardait jadis quand je la gardais après mon divorce, et est apparue dans le film d'horreur « Freddy contre Jason », mais sa carrière (pour les films qui traversent l'Atlantique) est confidentielle.

Pour en revenir à la chanteuse italienne Emma, je regrette vraiment qu'elle ne soit pas connue en France.

3 décembre

Je pense que l'affaire des gilets jaunes finira mal. Qu'il y aura des morts. Dès le début, je n'ai pas soutenu ce mouvement dont je ressentais la violence. Sans doute en vieillissant deviens-je égoïste et n'ais-je plus envie de changer le monde. Emmanuel Macron m'étonne par son silence. Je le croyais plus énergique. Il voulait réformer la France sans s'en laisser compter. J'ai voté pour lui au deuxième tour.

En fait, les gilets jaunes me font penser à mes voisins du dessus qui m'empoisonnent à nouveau la vie. Il s'agirait de deux jeunes femmes, même si le locataire qui est parti (ce qui m'a fait une pause) a toujours son nom sur la boîte aux lettres. Ils mettent leur chaine hifi à fond, de la musique techno, et font des soirées comme Corentin G., le voisin qui est parti. J'ai signalé les faits au syndic, mais ce sont les troisièmes de suite dans cet appartement qui font du tapage. Et je n'aime pas le tapage, ni celui qui consiste à saccager Paris, ni celui qui trouble mon sommeil.

4 décembre

Au bureau, plus je travaille, plus on m'en donne. Alors que ma responsable baisse les bras devant une fainéante. C'est démoralisant.

Edouard Philippe a fait une annonce qui je le pensais allait désamorcer les velléités des gilets jaunes, mais ces derniers ne veulent rien entendre. Le président Emmanuel Macron me déçoit par son manque de courage. Il est inaudible. A sa place, je décréterai l'état d'urgence et ferai appel à l'armée. On l'a connu plus offensif.

Cette fin d'année se passe dans la morosité et le stress. Je voue aux gémonies la CGT, les gilets jaunes, et tous les perturbateurs de la Terre.

La syndic de mes voisins (qui n'est pas celle de mon appartement) m'a envoyé un mail pour me dire qu'elle agit et prend en compte ma plainte.

Frank Michael a bien décliné : je voulais commander pour ma mère son calendrier 2019, il est déjà épuisé, il a été mis en vente le 8 novembre en tirage très limité. Je suis peiné pour elle.

5 décembre

J'ai fait cette nuit un terrible cauchemar. J'étais loin de chez moi et voulais y téléphoner sur le numéro fixe à partir de mon portable, mais à chaque fois, je me trompais de numéro ou n'arrivais pas à le composer jusqu'au bout. Sauf une fois où j'ai composé un numéro à l'étranger qui m'a coûté 32 euros ! Dans mon cauchemar, je voyais mon cousin écossais Jack (décédé en septembre 2004). A bout de forces, j'ai pris une chambre d'hôtel pour m'abriter, mais la porte était impossible à fermer et c'était un va et vient avec des étrangers.

Je ne me souviens pas du dernier cauchemar de ce genre, qui m'a laissé tout ébranlé au réveil. Plusieurs raisons peuvent expliquer ce mauvais songe. La peur des gilets jaunes et des casseurs après les évènements à Paris, la mort d'un oncle (mon parrain) ce 21 novembre, le stress au bureau. J'étais content de me réveiller même si c'était pour aller travailler.

12 décembre

A un moment où je sombre dans la morosité, je ressens un signe au plus profond de moi : Muriel. Je me demande si Muriel de là où elle est n'a pas vu que cette-fois j'allais sombrer pour de bon. L'amour que j'éprouve pour elle semble revenir dans toutes mes veines, elle revient dans mes pensées, dont elle fut bien absente tout au long de cette pénible année.

Hier, le détartrage chez le dentiste ne fut pas douloureux, même si j'étais cramponné sur mon fauteuil. Mon prochain rendez-vous est le 17 juin.

J'apprends ce jour sur Facebook (et après consultation sur site « Amazon ») qu'Eros Ramazzotti a sorti en toute discrétion fin novembre un nouvel album, et qu'il sera le mardi 19 mars en concert à la Halle Tony Garnier à Lyon. Le concert en pleine semaine n'est pas à une date idéale. Je ne sais pas encore si j'irai. Y aller en voiture est sans doute possible, mais je me souviens d'un concert à cet endroit de France Gall en 1984 et je n'avais du tout aimé la salle.

La syndic qui me défendait face aux voisins est bien silencieuse. Je lui ai fait un message suite à de nouveaux tapages nocturnes, elle ne répond pas. Je n'ose la relancer.

Quand je ne m'y attends pas, Muriel vient manifester sa présence invisible au-dessus de mon épaule. Je dois dire que cette-fois, je n'y croyais plus. Elle est là comme une évidence quand il ne reste rien, quand j'ai tout oublié, elle est la lumière qui guide ma vie.

15 décembre

Chaque visite de Claire, ma fille, est une joie à son arrivée et une tristesse à son départ, car le temps passe trop vite.

Mes petits-enfants ont été gâtés, nous sommes sortis malgré le grand froid, ce que je ne pensais pas que nous ferions.

Lucas sera chez son père à Noël et ils reviendront le 30 décembre en principe.

Je me suis remis au blog de Muriel Baptiste après leur départ, que j'avais négligé depuis quelque temps, préparant les articles jusqu'au 16 février 1974.

C'est bien la preuve d'un regain de passion pour Muriel, mais j'avoue que je ne sais plus trop quoi raconter sur ce blog.

Je vais essayer, à travers des anecdotes, de le faire vivre le plus longtemps possible.

21 décembre

J'ai appris aujourd'hui que Lara Fabian démarrait une tournée 2019/2020 tout de suite après la sortie de son nouvel album français « Papillon » qui sort en février. Malheureusement, elle ne fera pas de concerts en province, une bien mauvaise idée. Elle sera à l'Olympia dimanche 24 et lundi 25 mars 2019 (pour revenir en concert à Paris pour ses cinquante ans en 2020), elle se produit aussi au Forrest National de Bruxelles. Emma en février, peut-être Eros Ramazzotti à la Halle Tony Garnier le 19 mars, Lara le dimanche 24 (ce qui me permettrait d'aller avant sur la tombe de Muriel), tout se bouscule à la fois.

J'aime ces trois femmes : Muriel, Lara, Emma, qui me rendent plus heureux quand je les vois. Muriel est la passion de ma vie, un peu écornée par les récits de

David. Lara a un public de fans parfois limite, des cas sociaux, qui gueulent « Lara on t'aime » comme au Zénith à Paris au lieu d'écouter les chansons, j'ai l'impression qu'Emma a un meilleur public, qui a plus de finesse.

2019 va être une année dense en concerts pour moi. Je n'ai pas envie de me priver, tout peut s'arrêter : les concerts de Lara (elle ne passe plus en province, alors qu'elle touche là le cœur de son public), Emma, et ma santé tout au long de 2018 n'a pas été brillante côté intestins. Eh puis, il risque y avoir des années sans. Je pense qu'ayant déjà vu Eros Ramazzotti, si je ne vais pas à un concert, ce sera lui. Il y aura des années sans personne à aller voir.

Tout peut s'arrêter demain. Profitons du moment et du moment qui le suis, « Per ora, e per il momento da venire », comme disait Roger Moore en James Bond dans « L'homme au pistolet d'or », en ajoutant à sa partenaire Britt Ekland, « Qui sait où nous serons l'an prochain ? »

24 décembre

Hier, j'ai appris que c'était complet pour le concert de Ramazzotti à Lyon. Je ne le croyais pas si populaire. Il y aura sans doute des dates en province pour Lara Fabian. Je vais donc me concentrer sur Emma à Milan.

Au-delà de ces histoires de concerts, je suis préoccupé par l'avenir. L'année à venir je l'espère me réservera de bonnes surprises.

25 décembre

Ce fut un réveillon un peu triste, le premier sans ma fille et les enfants depuis longtemps. J'ai passé mon temps sur Facebook, et maman a dormi pendant la messe de minuit.

Nous avons quand même organisé un petit repas.

29 décembre

Depuis mon éviction du poste de délégué syndical CGT, j'en fais mon cauchemar récurrent, sans doute en raison de mon orgueil blessé. C'est l'évènement que je retiens de l'année 2018 où il s'est passé des tas de choses plus importantes, mais la nuit, lorsque l'on dort, on ne maîtrise pas ses pensées.

Nous sommes invités à manger à midi par un voisin qui habite l'étage en dessous.

30 décembre

J'ai peur de cette année qui arrive avec les gilets jaunes. On ne sait pas comment ce mouvement sans fin va tourner.

Je n'attends pas grand-chose de cette nouvelle année. Certes, il y a le concert d'Emma en février, mais c'est tout.

On mesurera mon pessimisme quand on saura que je me pose la question : n'y aura-t-il pas des blocages de raffineries qui créeraient une pénurie totale de carburant et m'empêcherait de prendre à la gare Valence TGV mon train Chambéry-Milan ?

31 décembre

L'année se termine comme elle a commencé (voir 1er janvier), je passe l'après-midi chez le concessionnaire Opel pour une vidange. Or, on m'apprend qu'un de mes pneus est crevé, qu'il faut changer les deux pneus arrière, mais surtout que la fuite du liquide de refroidissement a repris. Et ce malgré la réparation faite par un garagiste de Charmes sur Rhône. Je prends la décision de me séparer du véhicule. J'apprends à cette occasion que cette Opel Meriva de 2011 achetée 8100 euros en valait 5000 à 6000 à l'époque, et qu'à l'argus, elle n'est plus côtée que 4570 euros.

Ainsi s'achève une année bien triste, avec la disparition de mon parrain, la perte de beaucoup d'illusions, des soucis de santé.

Je ne regretterai pas cette année blanche, une année pour rien, totalement creuse. Mon orgueil a été froissé d'être chassé comme un malpropre du poste de délégué syndical CGT, organisation que j'ai quittée.

Emmanuel Macron a fait hier un discours qui donne quelque espoir contre ces gilets jaunes qui veulent mettre le pays sans dessus dessous.

Dans la nuit du 30 au 31 décembre, j'ai rêvé de Muriel Baptiste, elle revenait, elle avait l'âge de sa mort, 52 ans, et me rejoignait, se donnait une seconde chance de vivre sans connaître le destin funeste qui fut le sien. Je ne sais comment interpréter ce rêve.

C'est un peu à l'image de ce début d'année : je ne sais plus où j'en suis.